万川之月

中国山水诗的
心灵境界

胡晓明◎著

华东师范大学出版社

·上海·

图书在版编目（CIP）数据

万川之月：中国山水诗的心灵境界/胡晓明著. —上海：
华东师范大学出版社，2020
ISBN 978 - 7 - 5760 - 0184 - 6

Ⅰ. ①万… Ⅱ. ①胡… Ⅲ. ①山水诗－诗歌欣赏－
中国 Ⅳ. I207.2

中国版本图书馆 CIP 数据核字（2020）第 039760 号

万川之月
——中国山水诗的心灵境界

著　　者　胡晓明
策划编辑　许　静
责任编辑　乔　健
审读编辑　朱晓韵
责任校对　张佳妮　时东明
装帧设计　卢晓红

出版发行　华东师范大学出版社
社　　址　上海市中山北路 3663 号　邮编 200062
网　　址　www. ecnupress. com. cn
电　　话　021 - 60821666　行政传真 021 - 62572105
客服电话　021 - 62865537　门市（邮购）电话 021 - 62869887
地　　址　上海市中山北路 3663 号华东师范大学校内先锋路口
网　　店　http://hdsdcbs. tmall. com

印 刷 者　上海中华商务联合印刷有限公司
开　　本　890毫米×1240毫米　1/32
印　　张　8.625
字　　数　182千字
版　　次　2020 年 9 月第 1 版
印　　次　2023 年 5 月第 5 次
书　　号　ISBN 978 - 7 - 5760 - 0184 - 6
定　　价　55.00 元

出 版 人　王　焰

自　序

这是一本从新的角度读解中国山水诗歌的小书。

大自然全幅生动的山川草木、云烟光色，跟人类的生命绝不是不相干的存在。每一片飞花，每一线星光，都在提醒着人类的心灵与宇宙的关系。任何一个真正在大自然山水中受到过感动的人，都理解那句耳熟能详的名论：每一片风景，都是一种心境。

中国哲学最懂得这个道理。中国哲学的特征，在于不把自然看作无生命的异己的存在。正如《朱子语类》卷九〇那又平实又精微的语录：

> 一身之中，凡所思虑运动，无非是天。一身在天里行，如鱼在水里，满肚里都是水。

这正是中国文化的有机宇宙观或存有连续论。中国哲学，对于宇宙自然，正有一份"如鱼在水"的相契。

中国山水诗，乃是中国哲学精神的感性显现。"以追光蹑影之笔，写通天尽人之怀，是诗家正法眼藏"（王夫之《古诗评选》卷四）；中国山水诗的世界，不仅仅表达某某诗人的心境，更是表达着两千年中国诗人代代相承的共通的心境，集体的意欲；这共通的心境与意欲，正映射着中国哲学的真正性灵。因此，中国山水诗，不仅仅属于中国文学。

于是，我们在这里，不把山水诗仅仅作为语言文字的精妙与美来欣赏；不把山水诗仅仅作为构图均衡、色彩优美的风景画，或作为零散、片断的感觉知觉的愉悦享受来欣赏，而是重在探究山水诗中所表现的中国文化的心灵境界。山水诗创作中长期形成的繁复的技法、家数、渊源、流派等本身，不是我们探究的重点，我们在这里试图发现技法、家数、渊源、流派以及风格背后的共通的民族文化的诗心。

从中国哲学的学术立场看中国山水诗歌，从中国山水诗歌的特殊角度看中国哲学，这就是本书的宗旨。

清人恽南田题画说："写此云山绵邈，代致相思，笔端丝纷，皆清泪也。"

何谓"相思"？

当人类自野蛮踏过了文明的门槛时，他从一个混沌的自然世界，迈入了一个他自己创造的世界；于是那些原先与他生命相依存的山川草木、鸟兽虫鱼，渐渐地变得与他相疏远、相隔绝了。人类用许多人工器物，把自己围绕起来，从有机自然中分离开来，借助这种分离与围绕，人类凌驾于万物之上。

于是就有了"相思"，有了回归大自然的永恒的"乡愁"冲动。

十九世纪末年，一个叫谭献的浙江诗人，在他的《复堂词话》中，用一种感伤的口吻说道：

> 春光渐老，诵黄仲则词："日日登楼，一换一番春色；者
> 似卷如流春日，谁道迟迟？"不禁黯然！初月侵帘，逡巡徐

步，遂出南门旷野舒眺，安得拉竹林诸人，作幕天席地之游？

这正表达了中国诗人对山水的渴求挚恋，植根于对生命本身的渴求挚恋。

当这本小书拉你作"幕天席地之游"时，相信你一定会时时回想起上面这段话。

安顿生命，这是中国山水诗永恒的乡愁冲动的一个侧面。在向往乡关的精神旅途中，花开花落，鱼跃鸢飞，大自然无限丰富的形态，无往而不成为诗人表达情思的媒介；或烟云空蒙，或啼鸟处处，或登大山观日出，或涉大川送夕晖，人在大自然的怀抱里浴沐灵魂，陶冶性情，开拓胸襟，提升人的精神存在。如果没有这心灵的远游，如果没有那些流动飘逸的云水、小窗梅影的月色，那些绮丽华滋的春光、荒寒幽寂的秋景，那么，人类的心智将封闭、枯竭而死亡。《淮南子·泰族训》中一段话说得何等好：

> 凡人之所以生者，衣与食也。今囚之冥室之中，虽养之以刍豢，衣之以绮绣，不能乐也；以目之无见，耳之无闻。穿隙穴，见雨零，则快然而叹之，况开户发牖，从冥冥见炤炤乎？从冥冥见炤炤，犹尚肆然而喜，又况出室坐堂，见日月之光乎？见日月光，旷然而乐，又况登泰山，履石封，以望八荒，视天都若盖，江河若带，又况万物在其间者乎？其为乐岂不大哉！

一层一层渐近大自然，正是一层一层打破壁障，将人类自由心灵，从封闭的自我世界中伸展出来，精神四达并流而不可以止。这就是乡愁冲动的另一面：提升心灵。

有没有一首山水诗，能最典型地代表中国山水诗的精神面貌？

有。很多人会同意我的选择——唐人张若虚的《春江花月夜》。然而《春江花月夜》隐藏着一个秘密。我们一旦破译了这个秘密，也就破译了"月映万川"的山水诗特质。破译这个秘密有三个要点，普普通通，人人都能接受：

一、《春江花月夜》一共三十六句，可以看作由九首七言"绝句"组成。

二、九首诗可分为上四首、下五首两大部分。

三、"春"、"江"、"花"、"月"、"夜"五字中，"月"字最重要。

下面就来逐段解读这首诗歌。解释由"案"语评出。

第一部分　宇宙中的月亮

春江潮水连海平，海上明月共潮生。

滟滟随波千万里，何处春江无月明！

［案］　梦一般的缠绵，江与海融融一体的绸缪。于是有月光犹

如精灵，翩跹起舞了；满缀着波光，无障无碍，无所不在！

> 江流宛转绕芳甸，月照芳林皆似霰；
> 空里流霜不觉飞，汀上白沙看不见。

[案]　雍穆的花林，蓊郁的香潮，月之精灵在这无限透明、美好的宇宙之境中神游！她在深沉沉的午夜，独自静静地观照着自身的宝相。

> 江天一色无纤尘，皎皎空中孤月轮。
> 江畔何人初见月？江月何年初照人？

> 人生代代无穷已，江月年年只相似。
> 不知江月待何人，但见长江送流水。

[案]　于是有一个久久的思考，于是有一个永无答案也无需答案的天真而稚气的问，于是有一个永无尽头的等待以及等待中永恒的寂寥。

第二部分　人心中的月亮

> 白云一片去悠悠，青枫浦上不胜愁。
> 谁家今夜扁舟子，何处相思明月楼？

［案］　月光下徘徊的思妇，这是同一个灵魂另一面的倩影；思妇想象着游子的扁舟在月光下徘徊，这是同一个天真稚气而美好的等待。

可怜楼上月裴徊，应照离人妆镜台。（"裴"同"徘"）
玉户帘中卷不去，捣衣砧上拂还来。

［案］　于是有月光对倩影的依依流连了。

此时相望不相闻，愿逐月华流照君。
鸿雁长飞光不度，鱼龙潜跃水成文。

［案］　于是月光从女子的心波里脉脉流出，同样的万千惆怅，同样的纯洁无玷。

昨夜闲潭梦落花，可怜春半不还家。
江水流春去欲尽，江潭落月复西斜。

斜月沉沉藏海雾，碣石潇湘无限路。
不知乘月几人归，落月摇情满江树。

［案］　春尽、月沉，当黑夜与海雾来临时，在夜的霭霭深处，依然有月光如眸，向迢迢远方的路尽头凝眺；依然有月色脉脉，在江

边树影摇曳中不胜温情缱绻，似表达着终古如斯的企盼，以及企盼中那一份美丽的忧郁。

《春江花月夜》隐藏着一个绝大秘密。表面上看，即月光从思妇心头流过，由此形成诗歌文本上下两部分之间的有机联系，形成诗歌意境的浑然一体；从深层结构看，恰恰是表达了人心与自然的大和谐。于是思妇之思念不复来自思妇本身，而是诗人的灵指在宇宙与人心的和弦上弹出的妙响。这不仅仅是"少年时代的憧憬"（李泽厚《美的历程》第七章"盛唐之音"），更是中国哲学的古老灵魂在盛唐来临之际焕发出来的年轻的生命光华。这也不仅仅是"梦境的晤谈"的"宇宙意识"（闻一多《宫体诗的自赎》），实际上应是由人类生命情感所滋润、沐浴过的宇宙生命，又由宇宙生命所照亮、升华了的人类向上的生命。

在这种境界中，宇宙不再孤悬隔绝，不再是人的异己的存在；而人的生命情感也不再孤单、有限，不再是与宇宙本体相乖离的存在。人的生命本源被提升到宇宙本体的地位作一例看。礼赞生命、礼赞自然，这就是《春江花月夜》昭示万代、流芳百世的精神主旨。中国山水诗的蓬勃的灵感气韵，正从此一主旨中流出。佛家偈语曰：

一切水印一月，一月印一切水。

胡晓明

1991 年 9 月于上海

目　录

如水中月，须是有此水，方映得
那天上月。若无此水，终无此月也。

——《朱子语类》卷六〇

第一章

雪夜人归

—— 生命的漂泊与安顿

《雪意图》（局部） ［宋］高克明

日暮苍山远，天寒白屋贫。

柴门闻犬吠，风雪夜归人。

——唐·刘长卿《逢雪宿芙蓉山主人》

诗的类型起源于某些普遍的心理需要。史诗满足了英雄崇拜、祖先仰慕的需要；哀悼诗是出于人类向死者道别的需要而产生的形式；格言诗满足了表达思想中欢乐经历的需要；宴饮诗满足了人类对"不散的筵席"的奢想；等等。

山水诗满足什么样的心理欲求呢？只要看中国古代山水诗中，有那么多的宁静安谧的村庄、田园、古刹，只要再看看最早的山水诗，其实是对不自由人生的一种逃避，我们不妨认为山水诗是一个最大的补偿意象（compensatory image）①，尽管诗人们的真实命运中，充满了颠沛流离和不安焦虑的因素，他们对山水的崇尚心理，扎根于一种对更自由、更永恒、更真实的人生形式的持久的精神追求之中。宋人有两句诗："水隔淡烟修竹寺，路经疏雨落花村。"（杨徽之《寒食寄郑起侍郎》）其实，每一个中国诗人的心灵深处，都有一处隔水相望的"淡烟修竹寺"与"疏雨落花村"。尽管山水诗语言、风格有各种变化，但其中所代表的那一份普遍的精神需求，却绝不会消失。

山水诗的产生，充满了诗人生命漂泊之感，山水诗的发展，又越来越作为诗人生命安顿的形式。山水诗既包含着痛苦的体验，又包含着愿望的实现。

---

① 弗洛伊德（Sigmund Freud）认为梦是一系列连续的意象，通常具有清晰可见的特点，其作用是通过复活过去的事或物来减轻紧张，这些事物都以某种方式与欲望的满足发生联系，故而他将形成能减轻紧张的事物的意象称为"愿望满足"（wish-fulfillment）。他还指出，人决不会真正放弃最初的目标对象，总会试图在替代性对象中去寻求，当一个人接受某种替代物时，就是对他最初的目标对象的"补偿"（compensatory）。参见 Freud, "Art as Wish-fulfillment," in *A Modern Book of Esthetics*, 3rd ed., ed. Melvin M. Rader, New York: Holt, Rinehart and Winston, 1960, p. 131.

古道西风

迷不知吾所如

元人马致远小令《天净沙》云："枯藤、老树、昏鸦，小桥、流水、人家，古道、西风、瘦马，夕阳西下，断肠人在天涯。"实在是中国山水诗一个最精彩的诗品。这阕小令的意义，或许并不在诗的本身，而在于这种漂泊无依的情感原型，在于《秋山行旅图》中诗人形象中具普遍意义的那一份千年游子心。

循着这一条"西风古道"，我们或许可以找到中国山水诗的真正源头。也即是说，中国诗人背井离乡、行役征戍以及由此产生的生命漂泊之感，与向往安顿之感，无疑构成了山水诗的一个极重要的精神源头。凡第一等的诗歌，总是包含着最基元的情感要素。你看马致远这首小诗：西风瘦马断肠人，何其孤零的身影！小桥人家流水处，何等温馨的憧憬！

将自然风景的描写，染上人的漂泊感受的诗，是从《诗经》、《楚辞》开始的。《诗经》中虽然有不少关于远离家园、行役征戍的咏唱，但诗人的漂泊感受并没有借山水的形式来表达。只有一些不完整的自然风景片段，作为起兴的引子。如清人恽敬云："《三百篇》言山水，古简无余词，至屈左徙而后，瑰怪之观，淡远之境，幽奥朗润之趣，如遇于心目之间。"（《游罗浮山记》，《大云山房文稿》二集卷三）但他还没有说出屈原那些"侔色揣称"、"循声得貌"的山水之辞背后的心理原因。《九章》里写道：

入溆浦余儃佪兮，迷不知吾所如。

深林杳以冥冥兮，猨狖之所居。

山峻高以蔽日兮，下幽晦以多雨。

（《涉江》）

冯昆仑以瞰雾兮，隐岷山以清江。

惮涌湍之礚礚兮，听波声之汹汹。……

悲霜雪之俱下兮，听潮水之相击。

（《悲回风》）

"迷不知吾所如"，王逸注："言己思念楚国，虽循江水涯，意犹迷惑，不知所之也。"一方面，水的样式反映了人的情感心理——"猨狖之所居"，王逸注："非贤士之道径。"另一方面，山水也是非人的存在。这强烈抒发了诗人远离故土所感到的生命的无目的与人生的无依托；浪涛狂涌，大雾藏山，深林杳杳，这些完整的自然风景，都既是漂泊生命的情感显示，又是以"异己"的存在而表现的。

王逸《九章序》中说："屈原放于江南之野，思君念国，忧心罔极，故复作《九章》。"又《九歌序》中说："屈原放逐，窜伏其域，怀忧苦毒，愁思沸郁。……因作《九歌》之曲……下见己之冤结，托之以风谏。"又《天问序》也说："屈原放逐，忧心愁悴。彷徨山泽，经历陵陆。嗟号昊旻，仰天叹息。……以渫愤懑，舒泻愁思。"王逸之所以特为强调"屈原放逐"，强调从一个共同体中被抛出的状态，强调身在异域的感受，是因为失土失根的苦痛，漂泊无依的悲凉，实在是诗人创作的心理动力之一。诗人需要表达这种漂泊的悲哀，于是以异域，也同时是异己的山水作媒介。

中国诗人为什么需要山水诗，由这里可以获得一个新的解释。刘勰称"屈平所以能洞监风骚之情者，抑亦江山之助乎！"（《文心雕龙·物色》）并没有真正懂得屈原笔下的山水，而钟嵘所谓"离群托诗以怨"，并以"楚臣去境"为"怨"之例（《诗品·序》，何文焕辑《历代诗话》），则看得比刘勰深了一层。

登山临水兮送将归

多愁善感的宋玉，传承了屈子的这种描写："悲哉，秋之为气也！萧瑟兮草木摇落而变衰，憭栗兮在远行，登山临水兮送将归。"（《九辩》）突出地以秋天里的草木山川，表达了一个失职贫士的落寞心境。宋玉而后，直到东汉人王粲的《七哀》里，漂泊感受又得以在山水中宣泄、铺衍：

> 荆蛮非我乡，何为久滞淫？
> 方舟泝大江，日暮愁我心。
> 山岗有余映，岩阿增重阴。
> 狐狸驰赴穴，飞鸟翔故林。
> 流波激清响，猴猿临岸吟。
> 迅风拂裳袂，白露沾衣襟。
> 独夜不能寐，摄衣起抚琴。

> 丝桐感人情，为我发悲音。
>
> 羁旅无终极，忧思壮难任。

最有趣的是，这个其貌不扬的山东人，尽管非常不喜欢荆州风物，所谓触目生悲，然而你瞧他用的词语，他那看山临水，远行盼归的格式，俨然就是"憭栗兮在远行，登山临水兮送将归"一句的推衍和张大。最终写出来的，骨子里依然是楚声楚调。只不过，我们从"狐狸"、"飞鸟"两句中，虽然仍能看到屈骚"媛狁"的影子，但是并不是"异己"的存在物了，这是山水向人亲近的一个信号。

楚辞在中国文学史上所开出来的山水物色之辞，由于有了王粲这首著名的《七哀》，便传下去了。我们可以在西晋陆机的《赴洛道中作》一诗中，窥见《七哀》的影子在晃动着：

> 远游越山川，山川修且广。
>
> 振策陟崇丘，案辔遵平莽。
>
> 夕息抱影寐，朝徂衔思往。
>
> 顿辔倚嵩岩，侧听悲风响。
>
> 清露坠素辉，明月一何朗。
>
> 抚枕不能寐，振衣独长想。

更仔细体味，"夕息"、"朝徂"的句式中，又隐然残留着《楚辞》式的漂泊感受。这里的山水，是旅途萧索中的山水。诗人并没有把自然风景作为孤立的对象加以观察，而是把它同自己的主观情感联系在一

《秋山行旅图》　［宋］郭熙

起，这依然是《七哀》的漂泊心态对山水的领悟。

由建安至晋代，一个最典型的诗人心态，正是生命漂泊之感与自然风景的结合，表现于文体上，便是旅况诗、怀乡诗中山水成分的增多，或者说，离别故土之悲，行旅漂泊之感，愈来愈明确地寻觅山水景物来表现，《楚辞》发端的意义，愈来愈显豁了。晋人潘岳在其《秋兴赋》中，有一段最明白不过的话：

> 善乎宋玉之言曰："悲哉，秋之为气也！……"夫送归怀慕徒之恋兮，远行有羁旅之愤，临川感流以叹逝兮，登山怀远而悼近。彼四戚之疚心兮，遭一途而难忍。

所谓"叹逝"，即生命漂泊之感叹；所谓"悼近"，即此心不得安顿之伤悼。行旅送归与登山临水同为"疚心"之嗟，山水诗遂与旅况诗浑然成为一体。最值得玩味的是《秋兴赋》的结尾。谈到诗人对"秋"的赏玩，秋菊之扬芳，秋水之涓涓，诗人得以"逍遥乎山川之阿，放旷乎人间之世"。这时的山水，已经由"疚心"之嗟，变而为"赏心"之娱，生命漂泊的喟叹，终究转成了安顿生命的欣慰。所以，这一篇赋，实包含着魏晋之际山水审美意识的一大秘奥。

灵魂的止泊

《楚辞》的精神原型，在汉末魏晋的山水诗萌芽中得以延伸。从时代精神来看，这一时期最能刺激诗歌创作的情感类型有三种：

一种是怀乡怀人的情感，自《古诗十九首》以来，这种音调一直久久吸引诗人的表现欲望。再加上汉末魏晋以来动荡不宁的社会生活，士人背井离乡甚至亡国失土的感受远较两汉时更普遍、强烈。

另一种即政治上的忧患感、失意感。这是由正始诗人阮籍、嵇康发端的，尤其是阮籍的《咏怀》八十二首，叙说了政治生活中诗人所感受到的精神压力与迫害，政治正当性的失序及怀疑、苦闷及悲情，表达了没有自由、没有安全以至于失却人生意义的痛苦。在两晋及南北朝，这种音调亦不断地被重复。

第三种类型即生命无常、人生短暂的咏叹。从《古诗十九首》那生命苍然之感的基调，到三曹七子，到阮籍、张翰、张华、潘岳、潘尼、陆机、陆云、左思，绳绳相嗣，终于成为六朝诗文最基本的情感旋律。

上述三种情感类型，都属于"生命漂泊之感"，或是日常生活层面，或是政治生活层面，或是更抽象的精神生活层面的。无论如何，都是生命得不到安顿，灵魂得不到止泊，一种"迷不知吾所如"的无依托、无目的之感情。

魏晋六朝是中国山水诗的发轫期。山水诗的呱呱坠地，就与这一时期文学的基本精神有深刻的联系。表达背井离乡、思家怀人的诗，无疑孕育着山水诗，如晋人张翰的《思吴江歌》：

> 秋风起兮佳景时，吴江水兮鲈鱼肥。
>
> 三千里兮家未归，恨难得兮仰天悲。

倘若没有"三千里"的空间距离，吴江的风物不至于这样充满魅力；

而倘若没有张翰这首诗，中国山水诗史上江南水乡咏唱的这个典故，也会大为减色。然而，若只是当"秋景风物"来欣赏，则没有读懂这首小诗。《世说新语·识鉴》载：张翰在洛阳做官，见秋风起，思家乡鲈鱼莼菜羹，感叹："人生贵得适意尔，何能羁宦数千里以要名爵？"遂作歌返乡。这故事表明，山水诗有很强的政治性，是作为官场人生的对立面而出现在中国文化中的。

那些表达政治失意的诗，也同样孕育着山水诗。因为对社会失望之后，便以自然为人生幸福的补偿形式了。而人生无常、时光苦短的生命体验，更是借美妙的风景，尤其是秋天与春天的风景，大量地表现，构成六朝文学对时序的敏感特征。今天的日本人书信中，依然有描述时序节物特征的固定模式，据说正是受到六朝文化心理的深刻影响。①

生命漂泊之感是中国山水诗诞生的集体无意识心理根源，由此可以深刻理解六朝谢灵运与陶渊明两大家的贡献。为什么谢灵运被贬永嘉之后，山水之咏渐多？为何谢客山水之咏，多以《某年某月某日初发》、《某某相送至某某》、《初往某某某》、《过某某某》为题？又为何谢诗一些山水名句，如"白云抱幽石，绿篠媚清涟"（《过始宁墅》），"憩石挹飞泉，攀林搴落英"（《初去郡》）等，皆写于旅途之中？原来，山水诗鼻祖的原创力，也是发源于行旅途中的感慨，发源于生命之漂泊无依及其寻求安顿或解脱凡俗的需求之中。

以此来看陶渊明的田园诗，也可以得到新的解释。为什么陶渊明

---

① 此点承日本福冈大学甲斐胜二教授见告。

生命历程中，几番出仕，又几番归隐，最后终于唱出了"木欣欣以向荣，泉涓涓而始流。善万物之得时，感吾生之行休"这样彻底宁静平和满足的声音，终于找到了一小块田园，在其中极平凡的一树一石、一花一鸟中，觅得了一小块精神止泊之地，作为他生命的最后依托，也作为他诗歌的最高境界？陶渊明的同时代人赵至说："寻历曲阻，则沉思纡结；乘高远眺，则山川悠隔，……进无所依，退无所据。"（《与嵇茂齐书》，严可均编纂《全上古三代秦汉三国六朝文》）这是整个时代的典型感受。因而陶渊明的田园诗，作为中国山水诗的另一形式，不独为其独创，乃是时代精神久久寻觅而获致的一块心灵的田园，乃是中国人的生命意识，借陶氏之手，呈示出来的心灵境界。

夕阳西下

月落乌啼

　　既然生命漂泊之感与生命安顿之憧憬，很早就构成了中国山水诗的精神源头，那么，当诗人表达他们的感受时，不断地重复选择相同的自然物象，就不奇怪了。相同的心灵，总是趋向于寻求相同的慰藉。山水诗中最常见的自然意象，按其自身的特征，可分为四类：

　　——以飘飞、飘落的形态引起诗人的漂泊感。如飞蓬："阵云平不动，秋蓬卷欲飞"（庾信《拟咏怀》之十七）；如落叶："秋风吹木叶，还似洞庭波"（王褒《渡河北》）；等等。

　　——以渺小、孤单的姿影映现诗人的漂泊感。如孤月："片云天共远，永夜月同孤"（杜甫《江汉》）；如孤舟："风鸣两岸叶，月照一孤舟"（孟浩然《宿桐庐江寄广陵旧游》）；等等。

——以朦胧暗碧的色泽濡染诗人的漂泊感。如孤灯："疏灯隔树小"（张宛丘《晚泊襄丘》）；如黄昏："缺月昏昏漏未央，一灯明灭照秋床"（王安石《葛溪驿》）；"萧萧梧叶送寒声，江上秋风动客情。知有儿童挑促织，夜深篱落一灯明"（叶绍翁《夜书所见》）。读者须从色泽、光感的韵味里，体味诗人所表述的"客情"。

——以凄清、哀婉的声音刺激诗人的漂泊感。如角声、笛声："江城吹角水茫茫，曲引边声怨思长"（李涉《润州听暮角》）；如蛩声、鸦声："未瞑先啼草际蛩，石桥暗度晚花风。归鸦不带残阳老，留得林梢一抹红"（真山民《晚步》）；等等。

当我们一次又一次地在山水诗中读到上面提到的这些意象时，千万不要以为诗人缺乏想象，缺乏创造力。无论是霜天木落、断雁啼鸦，无论是孤舟月影、疏林渔火……在那些诗人心灵的客观对应物之上，一代一代地层累地凝聚着数百千年的集体无意识，因而恒久地成为生命信息传递与接受的感性符号。从某种意义上说，不是诗人在写山水，而是山水自然在"写"诗人，写他们生命中的缺憾与痛苦。一旦读者有眼光穿透这些感性生命的层累符号，再去注视山水诗，就不难获得某种更深切的体味。如唐人张继脍炙人口的《枫桥夜泊》：

> 月落乌啼霜满天，江枫渔火对愁眠。
>
> 姑苏城外寒山寺，夜半钟声到客船。

《水村图》　　〔宋〕佚名

在秋夜沉沉的背景里，冷月、孤舟、渔火，何其落寞、凄清、幽渺！声声鸦啼，阵阵钟声，似乎从生命的最深处，一下一下撩拨着诗人的心弦。此一帧小诗，可以说每个字都发散着、传递着时代久远的生命情感信息。"北城月落乌啼后，便是孤舟肠断时"（宋·张耒《赠人三首次韵道卿》）；"何时最是思君处？月落乌啼霜满天"（明·孙蕡《集句七言绝句诗》）；唐以后，这已成为中国诗人漂泊羁旅途中最销魂的风景。尤可注意的是，佛家也用此诗代指警醒人心的钟声："月落乌啼，三千界唤醒尘梦"（元·谢应芳《化城庵铸铜钟疏》），这表明有情世界即一大漂泊，何处才是止泊？

黄昏的意义

倘若在众多的层累意象中，拈取一个最古老、最经常，也最能引起诗人反复共鸣的意象，则要算黄昏意象了。《诗经》中《君子于役》一篇，为千古黄昏吟咏之祖，韵味优美至极。诗云：

> 君子于役，不知其期。曷至哉？鸡栖于埘。
> 日之夕矣，羊牛下来，君子于役，如之何勿思！

顾炎武《日知录》有《日之夕矣》条，略云："君子以向晦入宴息，日之夕矣而不来，则其妇思之矣。朝出而晚归，则其母望之矣。（《列女传》）夜居于外，则其友吊之矣。（《檀弓》）……故曰：见星而行者，唯罪人与奔父母之丧者乎？（《曾子问》）至于酒德衰而酗身长夜，官邪作而昏夜乞哀，天地之气乖而晦明之节乱矣。"这是从中国文化的生命节律来发现这首诗的精义。我们再看诗所描写的情感，暮色苍茫之中，思妇的那一份情意，具有永恒的感动力。从文学角度看，写法简单、朴素至极，实无可言；从文化心理角度看，正有一种根源于最深的生命体验之美。我们只能这样说：黄昏时分，为一天时间中最具安宁、平和之家庭意味的时刻；人的生物节律、情感节律、心理节律，同大自然的生命节律一道，同趋于平和与安顿，于是生命安顿之向往，不复来自思妇之思念中，于是思妇之思念，便成为整个大地生命之一种回声无垠的恒久呼唤！由此，可以深切体味所有的自然风景中，夕阳西下的风景何以成为最能触引诗人愁怀的一个情感源泉。[1] 如云：

> 楼上黄昏欲望休，玉梯横绝月中钩。
> 芭蕉不展丁香结，同向春风各自愁。
>
> （李商隐《代赠》）

如果说，李商隐在这里用"钩"、"结"、"横绝"等字眼，暗喻他苦绪难解、伤心无依的黄昏感受，那么，贾岛则用"恐"字，直陈他那惶惶然，漂泊无着的黄昏体验：

> 怪禽啼旷野，落日恐人行。
>
> （《暮过山村》）

---

[1] 参见钱锺书《管锥编》［一］《毛诗正义》"暝色起愁"条，中华书局 1979 年版。

师承贾岛的宋代诗人赵师秀有句云："乌纱巾上是黄尘，落日荒原更恐人。"（《十里》）这无疑已用"尖新"的语言，真切的心理，表达了"天地之气乖而晦明之节乱"的诗意。

　　真正将《诗经》的黄昏体验原型，加以唯美浪漫的提升的创作，乃是传为李白所作的那两首被人称为"百代词曲之祖"的作品。两首词都以黄昏为背景，如《菩萨蛮》：

　　　　平林漠漠烟如织，寒山一带伤心碧。暝色入高楼，有人楼上愁。　　　玉阶空伫立，宿鸟归飞急。何处是归程，长亭更短亭。

"暝色入高楼"一句表达的意境，正是把大自然写成一种有生命的存在。夕阳西下的自然风景之所以会被感觉成一种有生命的存在（"入"），乃是由于大自然的生命节律、情感节律，在此时此刻同诗中人物的生命节律、情感节律最为合拍，于是"何处是归程"的嗟叹，便成为寒山暮色感同身受的"伤心"了。

　　上述这一句，表达黄昏之中人与自然之间的心灵感应，凝练优美至极。以至于后世的诗论家们，纷纷推勘此句的出处。有人说，它来自孟浩然的"愁因薄暮起"（《秋登兰山寄张五》）；有人说它脱胎于皇甫冉的"暝色赴春愁"（《归渡洛水》）。然而皇甫冉的年代当在李白之后，而孟浩然前面又有"向夕千愁起"（费昶《长门怨》）这样的句子，环环相连。究竟谁学习、仿效、因袭了谁呢？传统的注释考典方式于此似乎显得无力，因为黄昏感受不仅为李白或皇甫冉等所独有，实在是山水诗人们心中共有的一种境界，是"诗"在写他们，而不是他们在"写"诗。

另一首《忆秦娥》更是如此。那已经变得残断的古老的箫声，那月光中残留着的秦娥的旧梦，那年年柳色、悠悠古道，尤其是结尾"西风残照，汉家陵阙"八个字，之所以"境界特大"，能"关千古登临之口"（王国维《人间词话》），正是由于诗人将日常人生悲欢聚散的体验，推入历史的茫茫时空之中，将具体的羁役漂泊之苦，提升到抽象的层面。这是生命不得自由，理想不得寄托，心灵不得安顿的抽象的漂泊之苦，写出了后代无数骚人墨客的心声，因而后人多从此一层去理解这首《忆秦娥》。最典型的例子是宋人邵博的一段逸事：

> 予尝秋日饯客咸阳宝钗楼上，汉诸陵在晚照中。有歌此词者，一坐凄然而罢。
>
> （《邵氏闻见后录》卷一九）

那些饮酒听歌、兴尽悲来的客人，面对暮色苍然之中的黝黝古陵，袭上心头的哀感绝不止一己的生命漂泊无着之感，而是人类生命的苍然之悲感。

这种心灵境界，并不只属于一个人。崔颢的名篇《黄鹤楼》云："日暮乡关何处是，烟波江上使人愁。"这里的"乡关"，是地理意义上的"乡关"吗？不是。此乃心灵上所向往的"乡关"，须从精神家园的意义、灵魂止泊的意义上来理解。中国山水诗的黄昏感受中所体现的漂泊痛苦之深，安顿意欲之切，莫此为甚！

向往安宁

唐人刘长卿有一首小诗《逢雪宿芙蓉山主人》，诗云：

> 日暮苍山远，天寒白屋贫。
>
> 柴门闻犬吠，风雪夜归人。

寥寥二十字，便是一幅雪夜人归图。苍苍远山，茫茫雪地，无边的暮色之中，那一片小屋，那惊起的犬吠，无限苍凉，也无限温馨。于是，漫漫风雪之中，那一帧晚归人的背影，渐渐趋向安宁，趋向止泊，竟如此充溢着生命满足的幸福感。

宋代诗人陈师道，以宋诗特有的明朗，复制了这幅雪夜人归图：

> 初雪已覆地，晚风仍积威。
>
> 木鸣端自语，鸟起不成飞。
>
> 寒巷闻惊犬，邻家有夜归。……
>
> （《雪》）

所不同者，陈诗更具体地铺陈了漂泊凄清的心灵体验，雪地、晚风、树林、宿鸟，都是诗人不眠心境中绰约依稀的飘飞思绪的符号。后面则同样以"犬吠"、"人归"表达由漂泊而安顿的一份欣慰。

中国古代田园诗、山水诗中的景物描写，很大程度上是由生命安顿而来的欣慰感、幸福感所凝成的意象。如这些诗中常出现的鹅鸭、牛羊、鸡犬、炊烟、茅舍：

> 方宅十余亩，草屋八九间。……
> 狗吠深巷中，鸡鸣桑树颠。
>
> （陶渊明《归园田居》其一）

> 牧童望村去，猎犬随人归。
>
> （王维《淇上田园即事》）

> 树树皆秋色，山山唯落晖。
> 牧人驱犊返，猎马带禽归。
>
> （王绩《野望》）

> 屋角参差漏晚晖，黄头闲缉绿蓑衣。
> 倦来枕石无人唤，鹅鸭成群解自归。
>
> （赵执信《昭阳湖行书所见》）

每一幅动物生活情景，都洋溢着田园生活所带来的安宁感。最末一首七绝，写一个编织蓑衣的老人在晚晖的光影衬托之下，正沉浸于一种人生最后也是最基本的幸福与宁静之中，有一种归真返璞之美。唐代最苦的漂泊流浪诗人杜甫，在"春流岸岸深"的农村生活感召之下，终于唱出了"茅屋还堪赋，桃源自可寻。艰难昧生理，飘泊到如今"（《春日江村五首》之一）这样无限欣幸的心声，表达了千万诗人向往山水即向往安宁的集体意愿和欲望。

前面提到，中国山水诗人写生命漂泊之悲哀，喜写孤舟，写孤舟在茫茫大江大湖中的无依无着。有趣的是，山水诗人们写生命之自足与安顿，同样也喜欢写孤舟，以孤舟的止泊，表现生命的安顿。① 如唐人韩偓的《醉著》：

> 万里清江万里天，一村桑柘一村烟。
> 渔翁醉著无人唤，过午醒来雪满船。

诗人用"醉"来消解了漂泊无依之苦，那些寂寞孤舟的幽私之景，风鸣芦苇的凄清之音，都已从醉的心境之中一一抹去了。舟只属于一村，村亦只属于万里江天；因而舟亦拥有了村，拥有了万里江天。余下来的感觉便是一份生命的快乐和满足。又宋人黄庚《临平泊舟》云：

> 客舟系缆柳阴旁，湖影侵篷夜气凉。
> 万顷波光摇月碎，一天风露藕花香。

月色、波光、风露、藕香，一叶小舟含有宇宙天地之美，这便是心灵的无限充盈富足。又明人王夫之《飞来船》云：

---

① 孤舟，既喻漂泊，又喻止泊，恰是钱锺书所论"喻之二柄"。参见钱锺书《管锥编》[二]《楚辞》"反经失常诸喻"条，中华书局 1979 年版。

> 偶然一叶落峰前，细雨危烟懒扣舷。
>
> 长借白云封几尺，潇湘春水坐中天。

开篇"偶然"一语，便已透出许多感叹、许多欣慰！且让这满江白云永远留住，心灵愿与这无限的洁净与安谧长存。最后再看一首宋人的归舟诗，郭震《宿渔家》云：

> 几代生涯傍海涯，两三间屋盖芦花。
>
> 灯前笑说归来夜，明月随船送到家。

"灯前"的意象，代表着漂泊旅途，也代表着回家欢聚。唐人韦庄"灯前一觉江南梦，惆怅起来山月斜"（《含山店梦觉作》），何等地凄清，何等地怔忡失神！而在宋人郭震那里，却化而为温暖的家，化而为朴实的日常人生的欢笑。由先秦而宋元，那跋涉于山水途中的诗人身影，正由此两首小诗画出。

第二章
啼鸟处处

—— 生命的悲哀与复苏

《竹禽图》　　［宋］赵佶

春眠不觉晓，处处闻啼鸟。

夜来风雨声，花落知多少？

　　　　——唐·孟浩然《春晓》

好音以悲哀为主。中国写山水的诗人，亦大抵具一份感伤的通性。断雁啼鸦、孤舟月影、芊芊青草、蒙蒙烟柳这些历代咏唱不衰的风景，以其永恒的魅力、莫名的伤感，长久地对应着诗人们的愁怀，映现着中国诗人以愁为美、以悲为美的诗心。

这个传统最早是从《楚辞》开始的。南方的那些山，那些水，烟雨苍凉，幽渺莫名；南方水泽边吟唱的那位悲剧诗人，叹息彷徨，长歌当哭；中国诗学中所谓"芳芬悱恻"一语，即拈出此种传统。那些楚文化的子孙，如汉桓帝听楚琴，慷慨叹息，悲酸伤心，曰："善哉！为琴如此，一而已足矣。"（见阮籍《乐论》）如赵王迁流于房陵，心怀故乡，作山水之唱，听者呜咽，泣涕流连。（见《淮南鸿烈·泰族训》）但这一传统最典型的表现，还是山水诗中那些"芳芬悱恻"的自然意象。

然而这只是一方面。另一方面，中国山水诗人又往往在大自然中汲取生命的新机，安顿憔悴的生命，抚慰忧苦的灵魂。大自然新新不已、生生不息的力量，是山水诗人们永远掬取不尽的生命甘露。苏东坡的《赤壁赋》，便可作一篇诗学文献来读："客有吹洞箫者，倚歌而知之。其声呜呜然，如怨如慕，如泣如诉……"，这便是由来久矣的楚声；苏轼所谓"惟江上之清风，与山间之明月，耳得之而为声，目遇之而成色；取之无禁，用之不竭……"，正是由大自然资取生命之源泉，正是对衷情的洗汰。

中国山水诗人对自然山水的两种感受，映现出中国文化传统中生命哲学的精湛内涵。

烟雨苍凉

雨中愁

倘若要从所有的感伤意象中，拈出一个优美、典型的意象，最容易想到的就是"雨"。现代诗人戴望舒，被人称为"雨巷"诗人，那一首"撑着油纸伞，独自／彷徨在悠长，悠长／又寂寥的雨巷……"（《雨巷》）之所以有令人心醉的美，正是因为这个"雨巷"的存在，古老得没有尽头，是完全由中国旧诗词组成的一个雨世界。不懂得"雨"之美，便与中国诗整个儿无缘了。

中国诗的襁褓时代，就已经歌咏"雨"了。如殷代四方受年的卜辞云：

> 其自西来雨？其自东来雨？其自北来雨？其自南来雨？
>
> （《卜辞通纂》三十五）

雨一开始就与生命的祈求愿望联系在一起，渗透了最原始的生命存在需求的情感意味。到了《诗经》里，远戍的征人不断唱着："我自来东，零雨其濛"（《豳风·东山》）；"今我来思，雨雪霏霏"（《小雅·采薇》）。已经自觉地用"雨"来表达生命的悲哀，感伤至极。先秦时的古歌《梁甫吟》，正是雨中思念父母的诗歌，"曾子耕于太山之下，天雨雪冻，旬月不得归，思其父母，作《梁山歌》"（《琴操》）。

中国山水自然诗中的雨世界，发端于思乡、怀亲等基本的情感需求，到后来俨然成为无边丝雨织成的愁世界。唐人刘禹锡诗云："巫峡苍苍烟雨时，清猿啼在最高枝。个里愁人肠自断，由来不是此声悲。"（《竹枝词》）这是说即使没有猿啼的悲音，这纷纷、飘飘的雨世界，本身就足以教人肠断了。唐人杜牧的名篇《清明》云：

> 清明时节雨纷纷，路上行人欲断魂。
> 借问酒家何处有？牧童遥指杏花村。

"断魂"这个词儿，究竟是什么意思，恐怕真的说不清楚。但是这种体验却有普遍的性质：细雨纷纷、春衫尽湿，心头涌起莫名的忧伤，无端的感动。这时最需要有酒，或许不是消愁，是品味雨中愁情的美。

因而写雨中的风景，实际上是写人的心境；雨的迷蒙，表示着生命的某种缺憾，某种怅惘。刘长卿诗云："瓜步寒潮送客，杨花暮雨沾衣。故山南望何处，春水连天独归。"（《送陆澧还吴中》）"独归"的风景中，便是心灵跌入一种无限的渺茫。山川草木，亭阁楼台，小桥曲径，本来是存在的，然而因为有了雨纱、雨幕、雨帘，便全都消失了，不再那么明明白白地存在了。

这种风景，最易于拍合某种心境，那样一种特定人生境遇中的失落感。无怪乎唐人王昌龄写离愁，就篇篇离不开雨了。王昌龄写雨，喜用"入"字，如"江风引雨入舟凉"（《送魏二》）；如"寒雨连江夜入吴"（《芙蓉楼送辛渐》），是雨，也是人的心境进入一种迷蒙。因为一旦雨景跟心境契合，雨丝便延伸着人的愁绪了。"日暮酒醒人已

《风雨归舟图》　　［明］戴进

远，满天风雨下西楼。"（许浑《谢亭送别》）雨的潇潇而"下"，延伸着人的寂寂而"远"。"登台北望烟雨深，回身泣向寥天月。"（姚月华《相和歌辞·怨诗二首》之二）烟雨之"深"，濡染着离愁之浓。"相送情无限，沾襟比散丝。"（韦应物《赋得暮雨送李胄》）这时，是一天丝雨都化作了满襟零泪，还是一腔愁情都化作了满天丝雨呢？

听雨的心境

因而天下雨而人下泪。夜深点点滴滴的雨声，在中国诗中总是微妙地感应着点点滴滴的泪水，于是"听雨"最能体现出中国诗人那一份天然的敏感。南朝何逊的"夜雨滴空阶，晓灯暗离室"，可算是最早的听雨感受。

声音的听觉或许还不够美。到了唐诗宋词里，听雨的能力大大发展，普遍审美化了。白居易的"隔窗知夜雨，芭蕉先有声"（《夜雨》）似最早写出了芭蕉听雨；李商隐的"竹坞无尘水槛清，相思迢递隔重城。秋阴不散霜飞晚，留得枯荷听雨声"（《宿骆氏亭寄怀崔雍崔衮》）又写出了荷花听雨，而且是残荷听雨，再不听，就听不到了；诗人的相思之情，因为有雨来同情，更深挚一层。王昌龄云："岭色千重万重雨，断弦收与泪痕深。"（《听流人水调子》）当音乐雨声化了时，雨声也就音乐化了，还问离愁深几许？唐宋词中的听雨感受，丰富得不得了。有的是当下的身心欢悦，如"春水碧于天，画船听雨眠"（韦庄《菩萨蛮》），"客来时、酒尽重沽。听风听雨，吾爱吾庐"（辛弃疾《行香子》）；有的是回忆中的魂牵梦萦，如冯延巳《归自谣》词上阕"何处笛。深夜梦回情脉脉。竹风檐雨寒窗隔"，如李清照《声声慢》有句"梧桐更兼细雨，到黄昏，点点滴滴。这次第，怎一个愁字了得"；等等。中国诗人的听雨感受，不仅已成为一种人对自然的诗化感受，不仅已成为中国诗人的一种生活艺术，一种"销魂"艺术，而且成为中国诗人对人生的哲理感悟。

宋代诗人陆游有诗《冬夜听雨戏作》：

> 少年交友尽豪英，妙理时时得细评。
> 老去同参惟夜雨，焚香卧听画檐声。

诗人的听雨感受，已经具有一种"参"的理趣。是老年心境对少年意兴的追怀，是少年心境对老年心境的照亮，或者是同学少年一时零落云散的感伤？宋代词人蒋捷的《虞美人》说得更明白直截：

> 少年听雨歌楼上，红烛昏罗帐。壮年听雨客舟中，江阔云低、断雁叫西风。　而今听雨僧庐下，鬓已星星也。悲欢离合总无情，一任阶前、点滴到天明。

"听雨"伴随着一个完整的人生全过程，不同的听雨感受，正是不同的生命体验境界。像这样的诗歌，不仅是艺术，而且是生命哲学的一种表达。

风雨江山外有不得已者在

当听雨中融合、渗透了某种人生体验时，雨中愁绪就带有很大的概括性、弥漫性。雨所引起的愁不见得跟具体的一时一地一人一事相关联，而是无头无绪无始无终无来由。所谓"无端织得愁成段，堪作骚人酒病衣"（陆龟蒙《溪思雨中》），"雨"、"愁"、"骚人"，似乎天然地联系着，诗人"无端"地在雨中感受到一种莫名的悲哀。这一点，最能说明中国自然山水诗所体现的生命的诗情。

晚唐诗人韩偓，遭逢乱世，晚年两度被权奸朱温远贬入闽，眼睁睁看着大唐帝国日薄西山。同时，他又有一段与宫女刻骨铭心的爱恋，入闽之后有不少作品写这一段恋情。韩偓的痛苦体验，很难分清是政治的情结，还是爱情的悲哀。他所感受到的痛苦，是人生根本性的痛苦。

韩偓最喜写的一个自然意象，就是"雨"。他在雨中引起的寄托的情怀，不止于政治、不止于爱情，俨然是他所感受到的一种弥漫于天地的大悲苦。如："岸头柳色春将尽，船背雨声天欲明"（《寄湖南从事》）；"古来幽怨皆销骨，休向长门背雨窗"（《咏灯》）；"绕廊倚柱堪惆怅，细雨轻寒花落时"（《绕廊》）；"正是落花寒食雨，夜深无伴倚空楼"（《夜深》）。我们看他《登南神光寺塔院》的中间四句：

> 中华地向城边尽，外国云从岛上来。
> 四序有花长见雨，一冬无雪却闻雷。

这里摧花的久雨，分明是中华文化受到危机的一大预感。尤其是一首题为《雨村》的诗，写得极为含蓄：

> 雁行斜拂雨村楼，帘下三更幕一钩。
>
> 倚柱不知身半湿，黄昏独自未回头。

我们不必知道这"雨村"在哪一个具体的地理方位，可以感受到的，是秋天里的雨村，黄昏时的雨村。我们甚至可以不必指实这是一个真实存在的雨村，因为这多半是诗人心中的雨村，那个"倚柱不知身半湿"的诗人形象，不是正告诉我们诗人已全身心浸淫在一个无边苍然的雨世界吗？

唐人诗歌的浑含意境，到了宋人写雨的诗歌里，就用明确的语言说出来了，说出了超越具体与特定境遇的悲哀感。如陈与义（号简斋）的《雨》云：

> 霏霏三日雨，蔼蔼一园青。
>
> 雾泽含元气，风花过洞庭。
>
> 地偏寒浩荡，春半客玲珑。
>
> 多少人间事，天涯醉又醒。
> ·····

尾联即清楚说出，这个悲哀乃是经历了种种人间的醉醒之后，提取出的一种抽象的悲情。他的另一首《雨中》云：

> 古泽生春霭，高空落暮鸢。
>
> 山川含万古，郁郁在樽前。
> ·····

这里甚至体验出了永恒的悲哀，于是那千山淋漓的雨气，不仅具空间意味，而且具时间上的无限，转成了万古郁郁的伤心。

这种体验，写雨诗中并不少见。如杨凭《雨中怨秋》云："日暮隔山投古寺，钟声何处雨濛濛。"雨中有了这样一座古寺，愁郁之情就深深探入了时间。姚合《杨柳枝词》："桥边陌上无人识，雨湿烟和思万重。""无人识"的那一份沉痛，与陈子昂《登幽州台歌》的深哀相同，但却将后者那怆然的呼喊，化入一片迷蒙。崔橹《华清宫》："红叶下山寒寂寂，湿云如梦雨如尘。""寒寂寂"的那一份苍凉，跟杜甫"无边落木萧萧下"（《登高》）式的悲怀类似，却又将后者的历史沉浮感，化为一个烟雨般的梦。

清人况周颐说："吾听风雨，吾览江山，常觉风雨江山外有万不得已者在。此万不得已者，即词心也。"（《蕙风词话》）这话穿透了诗海中那无边的雨丝、雾泽青霭，抉发出了犹如万川之月的"词心"。"词心"，即中国诗人面对宇宙自然所感悟到的生命意识；不具这一份词心，就缺少了作为诗人最基本的感情特质。

依旧青山

天何言哉

倘若以为中国诗人只会在山水风物中倾泻眼泪，那就错了。中国古代诗人有一份天生的善感，天生的多愁，同时也有一份天性的执着，天真的乐生。乐生，既是对自然本身的生命的同情，也是对人类自身生命力的珍爱。乐生的意识，来自中国文化精神中最早对"天"

的信念。

在中国文化最早的经典中，看不到人类对"天"的战栗畏惧的态度，看不到人类在不可知的"天"面前感到渺小的悲观思想。五经中所显示的是："天"乃是一种善意的存在，与人类的关系是谐调的。《尚书·洪范》中所谓"惟天阴骘下民，相协厥居"，最明白地表述了人类对"天"的乐观信念。"阴骘"一语，表明"天"不是被看作明显地"有意识"的，而是被体验为隐在地"有意志"的。古人深层意识似在暗示，人类的正当希望必将受到天的赞助。正由于"天"并不把它善的意志显现出来，所以，人类要靠自己的思想与行为，去"体验"天的善意的存在。

孔子说他"五十而知天命"（《论语·为政》），什么是"天命"呢？孔子有一段精彩的解释：

　　天何言哉！四时行焉，百物生焉，天何言哉！

（《论语·阳货》）

孔子正是从日月星辰的运转、四季和谐的交替、万物生长的生命中，体验到了宇宙的永恒秩序，宇宙的广大善意。"天"虽然"不言"，却并非"不可知"；人类是万物中一部分，人类与"天"并不隔绝，人类在宇宙的广大善意之中，珍惜人类自身的生命，便是珍惜"天"的善意。这里面包含着一种洞达坦然、明朗乐观的生命意识：春花秋雨、朝日夕阳、月圆月缺，都是大自然生生不已的永恒进程中的一部分，没有必要为冬日的雨雪、秋天的飘摇而过于忧愁，过于伤感；自然界是如此，人类又何尝不是如此？

中国诗人乐生的信念，即由此源泉流出。

回阴转晴

宋代诗人苏舜钦有一首《初晴游沧浪亭》，写雨后的感受："夜雨连明春水生，娇云浓暖弄微晴。帘虚日薄花竹静，时有乳鸠相对鸣。"细加玩味，"弄微晴"三字妙极。阴晴不定，似雨似晴，正是大自然内在的生命，在暗地里活动，悄悄地争斗，悄悄地转变，而幼小的斑鸠欣然为自然的变化而欢鸣，以一己微弱的生命，为回阴转晴的天气而歌咏，这是何等动人的景象！诗人细致体察了这过程的一切，写成一首小诗，我们从乳鸠的欢乐鸣叫声中，不也听出了诗人的欣喜吗？

相同的观察与体认，在另一位宋代诗人张耒的《福昌官舍》中，表达得很含蓄：

> 小园寒尽雪成泥，堂角方池水接溪。
> 梦觉隔窗残月尽，五更春鸟满山啼。

这里没有写冬天的雨雪给人带来的忧郁，只突出了那五更时分，窗外满山春鸟一下子不约而同地欢啼的片刻，凸显了自然生命自身的苏醒。宋代理学家朱熹笔下，这种境界便直截地用理趣说出来了。其名篇《水口行舟二首》之一云：

> 昨夜扁舟雨一蓑，满江风浪夜如何？
>
> 今朝试卷孤篷看，依旧青山绿水多。

诗中最明白不过地表达了大自然的生生不已，也最明白不过地表达了人对自然生命的歆羡、仰慕、深契之情。朱熹是宋代理学大师，理学的思想特点之一，即一种由回应佛学而转出的乐生的信念；并明确说出此种信念植根于天人一体同仁的形上体验。《朱子语类》卷三一云：

> 程子谓将此身来放在万物中一例看，大小大快活。又谓人于天地间并无窒碍，大小大快活。此便是颜子乐处。这道理在天地间，须是直穷到底，至纤至悉，十分透彻，无有不尽，则与万物为一，无所窒碍。胸中泰然，岂有不乐？

"将此身来放在万物中一例看"，正是中国儒家生命哲学的根本，也是中国诗人从大自然中汲取生机的美学底蕴。

宋人王驾的《春晴》云：

> 雨前初见花间蕊，雨后全无叶底花。
>
> 蜂蝶纷纷过墙去，却疑春色在邻家。

这是一首典型的宋诗。要是让唐人来写，"雨后全无叶底花"，一定会感伤得不得了。然而这句子出奇地平静。不仅没有花容憔悴的滥情，而且蜂蝶依然执着，邻家依然春色无限。你们看那寻花的小蜂小蝶，何等痴顽！读罢全诗，我们都会有一个小小的祝愿：蜂蝶们一定能找到花儿。即使采花的努力是徒劳的，又有什么关系呢？

雨中情态

由此才能懂得，为何诗人们极爱写雨中的船与帆。如徐俯《春游湖》云：“春雨断桥人不渡，小舟撑出柳阴来。”细雨迷蒙一片，蓦然撑出一只小舟，何其健朗、明丽！又如王安石《江上》云：

> 江北秋阴一半开，晓云含雨却低回。
>
> 青山缭绕疑无路，忽见千帆隐映来。

一个“忽见”，多么恰当地表现出诗人的惊喜之情。一幅静止的雨景，犹如一片灰蒙的心境。雨景中有了“舟”、“帆”，静止的世界便全幅活动了；舟、帆又都是心境中明丽的符号，一下子划破了迷蒙，冲开了感伤的雨幕。

于是我们更理解了诗人所赏爱的雨中风物：“雨过横塘水满堤，乱山高下路东西。一番桃李花开尽，惟有青青草色齐。”（曾巩《城南》）雨中的青青草色，透露出无限的生命意蕴。“城中桃李愁风雨，春在溪头荠菜花。”（辛弃疾《鹧鸪天》）不必待到雨过天青，即使就在雨中，又何尝没有生机勃勃的生命？那些青草、野花，那些饱尝风雨，而又昂首迎向风雨的生命，凝聚着人类对自身生命尊严的深切观照。

由此，我们可以真正理解“山雨欲来”、“急雨荒山”之际，中国

《溪山秋雨图》　　[清] 髡残

诗人们的豪情。韦应物的"春潮带雨晚来急,野渡无人舟自横"(《滁州西涧》),与其说是描绘了涧边野景,不如说呈露了诗人的心中逸态。陈简斋《雨》云:"柴门对急雨,壮观满空山。春发苍茫内,鸟鸣簹竹间。儿童笑老子,衣湿不知还。"这个与急雨坦然面对,谈笑临之的老翁,具有何等强悍的生命精神!苏东坡的"游人脚底一声雷,满座顽云拨不开。天外黑风吹海立,浙东飞雨过江来"(《有美堂暴雨》)被诗评家们盛称为"壮哉"、"大手笔"、"纯以气象胜",实际上,东坡笔下的"飞雨",正是以一种壮怀激烈的宇宙豪情擅胜。

元代有一位叫黄子久的大画家,世人以为"痴"、以为"疯"。只见他"终日只在荒山乱石、丛木深篠中坐,意态忽忽,人莫测其所为。又居泖中通海处,看急浪轰流,风雨骤至,虽水怪悲诧,亦不顾"(李日华《六研斋笔记》)。清人称"子久秋山图为宇内奇丽巨观",又称其画"尽神明之运,发造化之秘,极淋漓飘渺而不可知之势者"。(恽寿平《南田画跋》)画家、诗人,其艺不同,其道则一:从大自然中汲取最苍苍莽莽的一种生命元气。

池塘生春草

从大自然中汲取生机,是中国山水诗人的一项重大发现,也是中国古代生命哲学的一项重大创获。我们只须对谢灵运、陶渊明、杜甫三位诗人的生命历程中某一时刻,做一番追踪体验,便不难理解这一点。

作为最早的山水诗人,谢灵运或许也是第一个这样做的人。我们从他的《登池上楼》里,可以感染到他的这种心情:

潜虬媚幽姿，飞鸿响远音。

薄霄愧云浮，栖川怍渊沉。

进德智所拙，退耕力不任。

徇禄反穷海，卧疴对空林。

衾枕昧节候，褰开暂窥临。

倾耳聆波澜，举目眺岖嵚。

初景革绪风，新阳改故阴。

池塘生春草，园柳变鸣禽。

祁祁伤豳歌，萋萋感楚吟。

索居易永久，离群难处心。

持操岂独古，无闷征在今。

这里写的是心理变化的完整过程：从官场失意，到卧病在床郁郁寡欢，然后如何病好了，精神也振作了。病愈的关键，是得到了大自然春天生命的感召。开头六句，诗人好生愧怍呀，既不能如潜龙之深藏而葆真美，又不能如飞鸿之高飞而远祸害。接着又写诗人被贬到穷乡僻壤的海滨地区，即永嘉郡，遂一病至今。诗人的病，既是生理上的不适，更是心理上的沉疴。心理上的沉疴，即对于官场的不能忘怀，对于利禄的不能舍却，是心灵过于固执地胶着在一些失去的东西上。这就须借助于某种外力，使心胸开阔，变胶执为洒脱。

　　于是诗人推开了窗户，倾耳聆听海涛的嬉戏之声，举目眺望青山的绵延之势，感受风日明丽，阳光温煦，冬日的阴冷正隐隐退去，新春的气息扑面而来。当诗人惊喜地发现新生春草已欢欣地绿满了池塘，园子里的杨柳藏满了歌唱的莺儿——大自然勃勃的生机已充溢了他的心身，烦愁郁闷的心胸一下子得到了澡雪，沉疴祛除了。于是诗人有一种错愕：是大自然的生命在春天里得到了新生，抑或是我自己的生命在春天的大自然中得到了复苏？"园柳变鸣禽"一句，颇值得玩味：与其说是园柳变成了鸣禽，鸣禽呼唤着春天，不如说是诗人产生了错觉，诗人"变"进了园柳之中，与那一群欢欣的莺儿一同呼唤新春了。

这是中国山水诗中，汲取大自然生机最早、最完整的一例，也是使后世诗人赞赏不已的范例。宋代有个诗人叫曹彦约，曾是朱熹的学生，有一天在屋里坐着，忽然觉得"新春盛寒中闻禽声有春意"，遂写成一篇诗话《池塘生春草说》，悟出"草犹旧态，禽已新声……诗意感怀，因植物之未变，知动物之先时"的一番理趣。金人元好问有论诗绝句云："池塘春草谢家春，万古千秋五字新。"（《论诗三十首》之二十九）永恒的新鲜感的奥秘，正在于永恒的大自然生命本身。

陶、杜的相通境界

比起谢灵运来，同时代的陶渊明对大自然生命的体验，更深了一层。谢诗中或许只能找出上面这一首，陶诗则似乎首首都是无机流溢。

陶渊明是以整个生命投向大自然怀抱的第一位诗人，所以他从大自然中所获取的，比谢灵运更真切。他归隐以后的诗自不待说，只须看《癸卯岁始春怀古田舍二首》，便可了解。诗作于晋元兴二年（403

年），诗人 39 岁，此时他已越来越对仕途失望，对官场厌恶。在一个春天的早晨，诗人拖着疲惫的身子，请假回乡。来到乡间的田垄时，春鸟的欢啼，春风的和意，使诗人深受感动，于是写下了：

平畴交远风，良苗亦怀新。

在中国山水诗文中，像这样极平淡又极深邃、极自然又极优美的句子，实不多见。它不仅写出了麦苗的新新不已，不仅写出了春风的欣欣生意，而且写出了大自然生生不息的春风，正从诗人的心田上拂过，于是诗人心田里涌起的生命之诗情，也随着无边的麦浪，绵绵伸向远方。

陶诗的境界，在杜诗里得到绵延。杜甫所受的时代苦痛，没有哪一位诗人能相比，而杜甫从大自然中汲取的生命活水，也比其他诗人为多。他在那首著名的《北征》中，忽然插入一段景物描写：

菊垂今秋花，石戴古车辙。

青云动高兴，幽事亦可悦。

山果多琐细，罗生杂橡栗。

或红如丹砂，或黑如点漆。

雨露之所濡，甘苦齐结实。

诗人在描写了"靡靡逾阡陌，人烟眇萧瑟，所遇多被伤，呻吟更流血"的图景之后，忽然注意到路边顽强求生的野菊，雨中明亮闪烁的山果。他正是从大自然不息的生机之中，汲取力量，以濡活自己的心灵。①

唐上元元年（760年）秋天，杜甫应诗人裴迪之邀，往邻近的新津县。次年春天，诗人再游新津。他很喜欢这个地方，特别喜欢那里的一座寺庙——修觉寺。第一次游修觉寺，诗人已感觉到那里的江天特别开豁，花竹特别幽邃，尤其是那野寺山扉，充满着某种神秘的启示，涌动着诗情。第二次游修觉寺，那里的山水草木花鸟，是活生生的、亲切仁厚的存在，不再神秘了，诗人以一种老友重逢的快活心情，写下了名篇《后游》：

> 寺忆曾游处，桥怜再渡时。
>
> 江山如有待，花柳更无私。
>
> 野润烟光薄，沙暄日色迟。
>
> 客愁全为减，舍此复何之？

这首诗，包含着杜甫整个晚年心境的一大秘密：身心憔悴的忧国诗人所发现的生命源泉。细味"忆"、"怜"、"有待"、"无私"诸词，主词是大自然，大自然表现出它那全幅的同情、全幅的怜意、全幅的宽厚与仁爱。在小诗里，人退到宾位，大自然进入主位；人融入自然那无私的大襟怀，尽洗愁肠。细味尾句"舍此复何之"五字，何其深情

---

① 参见邓小军《唐代文学的文化精神》第六章第六节"从大自然汲取生机——杜甫与自然"，台北文津出版社1993年版。

缱绻！

生命常新

中国诗人在山水里倾吐悲情，又在山水里清濯悲情，生命的悲哀与生命的复苏，如此相连，犹如天地日月，光景常见，而生命不已。

山水诗人常常在诗中，向大自然倾诉悲情，又从大自然汲取生机。如明代诗人刘基的《古戍》云：

> 古戍连山火，新城殷地笳。
> 九州犹虎豹，四海未桑麻。
> 天迥云垂草，江空雪覆沙。
> 野梅烧不尽，时见两三花。
> ・・・・・・・・・・

荒原野火，悠悠笳角，荒草已经"长"到天上了，大地也成了白雪的世界。在无限的萧索、无边的冷寂之中，诗人发现了艳丽的野梅，在劫灰里昂扬着生机。唐人白居易的"离离原上草，一岁一枯荣。野火烧不尽，春风吹又生"（《赋得古原草送别》），又为刘诗所本。

清代诗人查慎行的一首《舟夜书所见》，则写得相当含蓄：

> 月黑见渔灯，孤光一点萤。
> 微微风簇浪，散作满河星。

自然景物所唤起的光明向往，生命信念，不着一字地藏在这一小幅舟夜图背后。你看：孤灯一点，倒映于沉沉月夜、黝黝水影之中，何其落寞、孤独！可是，这灯，依然兀傲、固执地亮着，不因浓重夜色而退缩，不因周围死寂的清冷而吝啬它的温暖。如此的生命意志，天若有情，岂不感动！于是，便有"微微风簇浪，散作满河星"这样美丽的景象了。满河波动的光点，便成为那"孤灯"生命意志的灿烂表现！

读唐人孟浩然《春晓》："春眠不觉晓，处处闻啼鸟。夜来风雨声，花落知多少？"如果只体会出惜花爱花的感伤，只体会出风雨一夜的无情，那么，实在不能算读懂了这首诗。如果你真正了解了中国古代的生命哲学，真正感悟了那万川之月，再来吟哦这首小诗，你或许能体会那鸟鸣处处之中的深意。①

---

① 参见林庚《唐诗综论·唐诗的语言》，人民文学出版社 1987 年版。

第三章
花泪蝶梦

—— 有我与无我

《溪山春晓图》 ［宋］佚名

竹外桃花三两枝，春江水暖鸭先知。

蒌蒿满地芦芽短，正是河豚欲上时。

———宋·苏轼《惠崇春江晚景二首》之一

清人王国维在《人间词话》中说："有有我之境，有无我之境。'泪眼问花花不语，乱红飞过秋千去'；'可堪孤馆闭春寒，杜鹃声里斜阳暮'，有我之境也。'采菊东篱下，悠然见南山'；'寒波澹澹起，白鸟悠悠下'，无我之境也。有我之境，以我观物，故物皆着我之色彩；无我之境，以物观物，故不知何者为我，何者为物。"

其实，无我之境，也是有我之境；万川之月，只是一月。

尔汝群物

赤子之心

我们读中国古代的山水诗，总觉得那里头有活的生命。每一条小河，每一座山峰，每一片云，每一株树，都表现着灵性，显露着生命。不仅如此，我们还感觉到山与水，树与云之间那种亲密谐调的关系。水缠绕、依恋着山；山也谛视着水的无限的清波，倾听水的无限的情话。云厮守着树，轻轻拂弄着树梢；树也伸出她的枝条，摇曳着无限依恋的情意。不必说明哪一首古诗表达过这种意境，凡优秀的山水诗，一般都含有这一份神秘的灵性。

在山水诗人的笔下，山可以跨过溪河向你走来，可以开门来到你的几案边，与你交谈；河可以像最亲密的友人，送你一程又一程；月亮可以把你的情意，带到远方的亲人身边；春风可以悄悄走进你的书房，像顽皮的孩子翻乱你的书……总之，中国山水诗的世界，是个童话般的世界，中国古代诗人，极富童心。

在现代人看来，中国的山水诗画理论，中国的自然哲学，无一不表达着对大自然孩子般的依恋，表达着天真的赤子之心。南朝人宗炳的《画山水序》说："山水质而有趣灵。"唐人顾况的《范山人画山水歌》说："一草一木栖神明。"以后的人们，这种神秘的体会淡薄多了，却依然把山川草木说成有生命的存在。宋代大画家米芾《画史》说："岚色郁苍，枝干劲挺，咸有生意。"沈宗骞《芥舟学画编》说："一木一石，无不有生气贯乎其间。"因而，一个画家体味出了生意、生气，乃是写出一个鲜活灵动、元气淋漓、生机游漫而广大和谐的世界的最基本心态。正如大画家石涛《画　〈春江图〉　》一诗所写道："吾写此纸时，心入春江水。江花随我开，江水随我起。"中国诗与中国画，表达大自然生命的缠绵，表达人心与大自然关系最深的一份缠绵感，有着相同的价值，相通的哲学精神，相契的赤子之心。

明代哲学家王阳明有一段话，最清楚不过地解释了诗与赤子之心的关系：

> 大人者，以天地万物为一体者也。……是故见孺子入井而必有怵惕恻隐之心焉，是其仁之与孺子而为一体也。孺子犹同类者也。见鸟兽之哀鸣、觳觫而必有不忍之心焉，是其仁之与鸟兽而为一体也。鸟兽犹有知觉者也。见草木之摧折而必有悯恤之心焉，是其仁之与草木而为一体也，草木犹有生意者也。
>
> （《大学问》，《王文成公全集》卷二六）

从这个意义上看，中国山水诗，也未尝不是中国哲学。以赤子之心观物，仁者爱及万物，正是王国维所谓"有我之境"的哲学内涵。

自然乃是一片大和谐

在中国诗人的眼里，自然是一片大和谐。"白云抱幽石，绿篠媚清涟。"（谢灵运《过始宁墅》）天上的云与地上的石，岸边的细竹与水中的清涟，有多么亲密的关系。"抱"字，"媚"字，不仅把自然人化了，而且写出了自然生命之间相互嬉戏的情态。"林壑敛暝色，云霞收夕霏。芰荷迭映蔚，蒲稗相因依。"（谢灵运《石壁精舍还湖中作》）当树林与云霞达成了休息的默契时，芰荷们尽情掬取着最后一线霞光，而野草则依偎着耳语着入梦了。"喧鸟覆春洲，杂英满芳甸。"（谢朓《晚登三山还望京邑》）一片盎然的蓬勃的生机，又十分地自然，十分地清新。从"覆春洲"三字的字音里，可以听出鸟语啾啾；从"满芳甸"三字，又可以听出乱花缤纷。大自然通过诗人的声音，表达了自己的声音。陶渊明在夏天满贮清荫的院子里读书："孟夏草木长，绕屋树扶疏。众鸟欣有托，吾亦爱吾庐。"（《读山海经》之一）正是写出了从无生命到有生命，一整幅的生命大和谐。

以赤子之心观物，就是从日常的理性与经验世界中摆脱出来。若运用理性去分析自然界，它们只是无数不相关属的无精彩无生气的对象。而中国古代诗人在自然面前，放弃了理性的生硬与意志的骄傲，甚至放弃了人类中心的心态。人来自于自然又归于自然，自然是人类的手足、朋友，是可以嬉戏，可以晤谈，可以心心相印的友人。唐人司空图《诗品二十四则·实境》说：

《龙宿郊民图》　　［五代］董源

> 忽逢幽人，如见道心。晴涧之曲，碧松之阴。一客荷樵，
> 一客听琴。情性所至，妙不自寻。遇之自天，泠然希音。

此一诗话中所出现的"幽人"、"客"，不是别的，正是大自然的魂灵，正是与诗人的灵魂偶然相遇、深心相契，默默晤谈的"友人"。唐人皇甫松《问李二司直所居云山》云：

> 门外水流何处？天边树绕谁家？
> 山色东西多少？朝朝几度云遮？

这里真的是"问"李二司直吗？不对。诗人乃是问山，问云，问水，问树。这里真的是询问云山吗？不是。山、云、水、树，已成为诗人深心相契的友朋，因而"问"无须乎答。水流、树绕、花开、云飞，灿然的机趣永远呈示着默契的欢悦，深情的缠绵。

山禽说我胸中事

可以将山水当作知心朋友，这是诗歌的优势，山水画就不如诗了。一般人所说的"拟人化"的方法，画就几乎不可能做到。譬如，以"水"为友：

> 江花江草故乡情，两岸青山夹镜明。
> 一夜雨丝风片里，轻舟已渡秣陵城。
>
> （黄景仁《江行》）

故乡的水，故乡的风物，多么亲切地欢迎诗人的归来！一个"明"字，我们似乎可以感受到故乡水深情的凝视，这似乎还可以用画来表示，但是——

> 溪水无情似有情，入山三日得同行。
> 岭头便是分头处，惜别潺湲一夜声。
>
> （温庭筠《过分水岭》）

这就不是画所能表达的了。无限的依恋与缠绵，或许只有丝竹音乐，方可比拟。又如宋人石介《泥溪驿中作》一诗："山驿萧条酒倦倾，嘉陵相背去无情。临流不忍轻相别，吟听潺湲坐到明。"此诗也是把他的故乡水嘉陵江拟人化了。又譬如以鸟为友：

> 青山不识我姓字，我亦不识青山名。
> 飞来白鸟似相识，对我对山三两声。
>
> （叶茵《山行》）

这是写出了人与鸟一见如故的相契，了无猜忌、无防范的相交。又如：

> 君上匡山我旧居，松萝抛掷十年余。
> 君行试到山前问，山鸟只今相忆无？
>
> （隐峦《蜀中送人游庐山》）

这是表达了久别不见的忆念，犹如请人转达对老友的问候。又如：

> 马蹄踏水乱明霞，醉袖迎风受落花。
> 怪见溪童出门望，鹊声先我到山家。
>
> （刘因《山家》）

> 细雨茸茸湿楝花，南风树树熟枇杷。
> 徐行不记山深浅，一路莺啼送到家。
>
> （杨基《天平山中》）

这是写出了故乡风物的缠绵、亲近之情，鸟在其中扮演着热情故友的角色。又如：

> 好是春风湖上亭，柳条藤蔓系离情。
> 黄莺久住浑相识，欲别频啼四五声。
>
> （戎昱《移家别湖上亭》）

任何一处地方，住久住惯了，总是有感情的，何况是这样美的一个湖，这样有灵性的黄莺呢？鸟之所以最能成为诗人的朋友，是因为它那富于灵性的啼叫声，代表大自然发言，也代表诗人与大自然晤言。宋代理学家杨慈湖有《偶成》诗句云："山禽说我胸中事。"另一理学家罗大经大为赞叹（见罗大经《鹤林玉露》丙编卷五），就是这个道理。

再譬如以山为友。陶渊明诗云："采菊东篱下，悠然见南山。"
（《饮酒》之五）苏东坡说，这句中的"见"字，绝不可改成"望"
字，一改，诗味就没有了。因为"望"表示看一个客观的对象，而陶
渊明眼中的"南山"，则是一个心心相印，一见如故，无须乎语言的
朋友。李白与山的默然相对，也是一种灵犀相通的情感交流，如《独
坐敬亭山》一诗寥寥二十字：

众鸟高飞尽，孤云独去闲。

相看两不厌，惟有敬亭山。

在李白的诗歌世界里，除了月亮之外，或许从来没有，也永远不会有
像敬亭山这样的"朋友"，如此默默无语，深情注视、相伴着诗人。
当然，李白这样多情，这样充满童心，天下的山都能成为他的朋友。
如《陪从祖济南太守泛鹊山湖》云：

水入北湖去，舟从南浦回。

遥看鹊山转，却似送人来。

天下的山不只成为李白的朋友，天下的山是任何一个有童心的诗人的
朋友。如刘长卿《秋云岭》云：

山色无定姿，如烟复如黛。

孤峰夕阳后，翠岭秋天外。

> 云起遥蔽亏，江回频向背。
>
> 不知今远近，到处犹相对。
> $\cdot\ \cdot\ \cdot\ \cdot\ \cdot$

这里表面上看没有什么"拟人"手法，但却活画出一个有灵性的山，一个多情的山。在光影的变幻里，犹如一个神秘的女子；在江回水转中，又犹如一个有情意的女子。诗人对大自然性灵的捕捉，表达得十分含蓄优美。另一位唐代诗人顾况有一首《小孤山》云：

> 古庙枫林江水边，寒鸦接饭雁横天。
>
> 大孤山远小孤出，月照洞庭归客船。

有了"大孤山远小孤出"一句，苍凉的秋景，寂寞的旅途，便转成了富有人情味的世界。"大孤山"与"小孤山"，仿佛带着温馨的问候，带着不舍的依恋，一程又一程地默默相送，并且一代一代地相送下去。

花草禽鱼皆为吾友

清人施鸿保《读杜诗说》中，曾发现杜甫在诗歌中，常常用人称的方式，称花草禽鱼为"尔"、"汝"。如："天风吹汝寒"，指蔬菜；"凉风萧萧吹汝急"，指一种叫决明的草；"鸡栖奈汝何"，指鸡栖树；"无情移得汝"，指栀子。称"尔"的，如："念尔形影干"，指枯棕（音宗）树；"配尔亦茫茫"，指四松，这是草木。用"尔汝"称鸟兽者，如："吾与汝曹俱眼明"，指鸱鹆；"稻粱沾汝在"，指花鸭；"委弃非汝能周防"，则谓瘦马；"应共汝为群"，则谓麋鹿；"沧江白发愁看汝"，则谓萤火；"为汝鼻酸辛"，则指为双鹤而伤心；等等。

据语言学家考证，"尔汝"为忘形亲密之称。直呼"尔汝"，是朋友间无须乎官衔、辈分梗隔其中，没有谦倨、贵贱等计较之心，是直来直去的友情的照面。而"尔汝群物"正是诗人的至情洋溢，推己及物，不仅使无知异类的卉木禽犊变为有情同类，而且使之成为"忘形到尔汝"的知心朋友。诗圣之所以成为诗圣，不仅在于杜甫对人民有民胞物与、人溺己溺、人饥己饥的一副仁者情怀，而且在于诗人对万物皆有胞与之、尔汝之、体贴心印、心息相通的满腔恻隐之心。

杜甫有两联诗，被后人称为"见道"之语：

> 一重一掩吾肺腑，山鸟山花吾友于。
>
> 　　　　　　　　　　　　　　（《岳麓山道林二寺行》）

> 鸡虫得失无了时，注目寒江倚山阁。
>
> 　　　　　　　　　　　　　　（《缚鸡行》）

前一联中的"友于"，正是兄弟的意思，"肺腑"也同样。"一重一掩"指山路的起伏，是一种有生命节律的起伏。"鸡虫得失"说到自然界的相生相克，无穷无尽，实在是一场大循环。所以又写命家人解去鸡缚："虫鸡于人何厚薄？吾叱奴人解其缚。"宋人称诗圣"欲厚民生意思深"（赵抃《题杜子美书室》），即指此一类作品。清人何绍基说："'温柔敦厚，诗教也。'……将千古做诗人用心之法道尽。凡刻薄、尖酸两种人，必不会做诗。……非胸中有余地，腕下有余情，看得眼前景物都是古茂和蔼，体量胸中意思全是恺悌慈祥，如何能有好诗做出来。"（《题冯鲁川小像册论诗》，《东莱草堂文钞》卷五）正是说出了千古诗人心，一脉仁心在；也说出了中国山水自然诗中"有我之境"的心灵境界。

虚怀归物

濠梁之乐

有一首很朴素又很优美的汉代乐府民歌，名叫《江南》。歌云：

> 江南可采莲，莲叶何田田，鱼戏莲叶间。
>
> 鱼戏莲叶东，鱼戏莲叶西；鱼戏莲叶南，鱼戏莲叶北。

这里也同样唱出了一份缠绵、深心相契之情，但是并没有用"拟人"的手法。歌者似乎已化身为水中的鱼，那鱼儿嬉戏的姿影，洋溢着无限的情意，又出之以一派天籁之声。

人化身为鱼，这使我们联想起庄子的一个寓言故事：一天，庄子与朋友惠施在濠梁的一座小桥上散步，水中无数游鱼，悠悠然戏水而来，庄子被这景象所感动，发出欢悦的赞叹，惠施觉得很奇怪，问："子非鱼，安知鱼之乐？"庄子听来，却觉得这个问题提得更奇怪："子非我，安知我不知鱼之乐也？"（《庄子·秋水》）

　　庄子所代表的道家观物心态，乃是以自然的方式去看待自然的心态。这是对儒家观物心态的一种转换。人不仅没有理由把自己的欲念计较之心投射到自然上去，而且不应该把自然当作人，因为自然绝不是人的一部分，而是人是自然的一部分；人应该放弃自我本位，化入自然，像自然一样生活，一样存在。因而，要想真正知道鱼的快乐，只有"变"成一条鱼，像鱼一样悠然而游于水中。惠施不能这样想，惠施坚执着人与鱼的对立，所以不能知道鱼的快乐，不能感受到庄子的心境。

　　与儒家比较，庄子被自然吸引得更深了。不仅是以赤子之心观物，而且"以物观物"，把人的视界，转成自然本身的视界。如《庄子》内篇《应帝王》中"浑沌"开窍的故事，"日凿一窍，七日而浑沌死"，开窍就是指人的聪明，把人的聪明强加于自然，自然就"死"了。《至乐》篇中，说鲁侯养鸟，以祖先庙的规格养鸟，以九韶之乐，太牢之食供奉鸟，结果那只鸟"眩视忧悲，不敢食一脔，不敢饮一杯，三日而死"。庄子说这是"以己养鸟"，不是"以鸟养鸟"。他人以人的方式对待自然，而庄子是以自然的方式对待自然。

　　其实从根本上说，庄子与儒家都是尊重自然、亲近自然的，都不是站在自然的对立面，以人伐物；但儒家讲的"仁者爱及万物"，主要是一种常人之境，而庄子说的"游于物"，则是一种无挂无碍的至人之境。有此一种心境，则可以感应、谛听大自然最深的生命妙乐。可以说，庄子的观物方式，是对"仁者爱及万物"的观物方式的某种深层心理学意义的补充。有此一种补充，中国山水诗境又打开了一个新的天地。

我心素已闲

王维的山水诗，葱茏绸缊，天机流荡，与其说得之于禅学，不如说得之于庄子。受庄学的熏染，表现为抒情上的"非拟人化"，或可称之为"拟物"化。拟物的方式，便是放弃人的自我视界，将自己化为一条鱼、一棵树、一块石、一片云。如王维笔下的《青溪》：

> 言入黄花川，每逐青溪水。
>
> 随山将万转，趣途无百里。
>
> 声喧乱石中，色静深松里；
>
> 漾漾泛菱荇，澄澄映葭苇。
>
> 我心素已闲，清川澹如此；
>
> 请留盘石上，垂钓将已矣。

这里的河水（青溪），已不再是作为诗人的朋友而存在了。诗人用"入"、"逐"、"随"、"转"等字样，暗示诗人自我本位的舍弃，自然生命的自在涌现。河水（青溪）时而调皮、时而安静；时而温柔，时而潇洒。

由于不是从一个僵硬固定的角度去观物，大自然便全幅呈露它最天然的生态，不受人为视知觉干扰的生态。实际上，这并不是"无我"。放弃人为的视知觉，方能在大自然怀抱中感受到最深的一份缠绵的诗情；诗人自我本位的放弃，是为了获得最自在、最空灵的一种生命形态。"我心素已闲"的一个"闲"字，正透露了此中奥秘。

王维另一首诗《鸟鸣涧》：

> 人闲桂花落，夜静春山空。
>
> 月出惊山鸟，时鸣春涧中。

中国汉文字中"闲"字与"闹"字相对。"闹"字，中间是个"市"字，心里如一片市廛嘈杂喧叫，如何能感应自然之美？"闲"字，古作"閒"，中间是一个"月"字，心中如一幅月光，空明如镜，纤尘不染，因而细微的桂花花瓣，方能留下最优美的飘落曲线；因而深涧里的幽幽鸟啼，方能引起心弦最微妙的回应。

王维的诗境，最深地探得了大自然生命的底蕴。"明月松间照，清泉石上流。"（《山居秋暝》）正是诗人化身为松林间的脉脉月光，山石上的汩汩清泉。"行到水穷处，坐看云起时。"（《终南别业》）人的"行"、"坐"活动，与水云的起落节奏，已经融合无间，如自然生态一般。有时，诗人似乎与情意绵绵的落日、夕烟化为一体了，如"渡头余落日，墟里上孤烟"（《辋川闲居赠裴秀才迪》）；有时，他索性变成一丛野花，一只幽鸟，如"野花丛发好，谷鸟一声幽"（《过感化寺昙兴上人山院》）。

我们读王维"雨中山果落，灯下草虫鸣"（《秋夜独坐》）这样的诗句，表面上看，似乎诗人只是在写风景，其实大自然以其最细微的生命颤动，不期然而然地映现着诗人的生命情意；大自然以其每一线阳光，每一片飞花，每一声鸟啼，每一丝虫吟，感应着、涵容着诗人最广大、最无限的灵魂的存在。当诗人将自己完全委托于山水的本性时，诗人的性灵融入其间，因而与宇宙构成一种深切的同情交流，物我之间同跳着一个脉搏，同击着一个节奏，两个相同的生命，在那一刹那间，互相点头、默契和微笑。这便是"无我之境"的生命哲学底蕴。

春江水暖鸭先知

"我"从山水景物面前隐退，情语在景语面前消解，并不是说"诗人"本身不存在，只剩下一个混沌的山水，而是诗人改变了角色，化为自然中的一分子。诗人的视、听、触、嗅等感觉，都转换为大自然的视觉、听觉、触觉、嗅觉。于是大自然生命的朴拙大美得到最充分的尊重，大自然的全幅生机得以最自由地涌现。

又如梅尧臣的一首诗起语云：

> 春风无行迹，似与草木期。
> 高低新萌芽，闭户我未知。
>
> （《郭之美忽过云往河北调欧阳永叔沈子山》）

这"闭户我未知"一句，便是指关闭人为的感知功能。关闭了人为的感知，诗人的灵心，就化身为那似与青草们低语密约的春风了，这绝不是"拟人"，多情或喜悦都已冲淡，春风只呈现它自身，自身的韵律的优美。前面曾引过的陶渊明的"平畴交远风，良苗亦怀新"两句诗，与其说是"拟人"，不如说是"拟物"。诗人不是让自然来迁就人的感情，不是把自己的想象投射于自然景物，而是完全地感应。应和着那煦煦的春风，应和着那生机勃勃的麦苗，应和着那农村生活的一切单纯的生命与美。清人薛雪评此一句云：“其妙处无从下得著语，非陶靖节所赋之，实此身心与天游耳。”（《一瓢诗话》）正是一语破的。

　　在这种境界里，一旦诗人具有更清澈的心耳，更玲珑的心机，去感应大自然的内在生命律动时，人向自然的诗化转换，就发生了。如唐人刘方平的《夜月》：

　　　　更深月色半人家，北斗阑干南斗斜。

　　　　今夜偏知春气暖，虫声新透绿窗纱。

又如宋人张耒的《福昌官舍》：

　　　　小园寒尽雪成泥，堂角方池水接溪。

　　　　梦觉隔窗残月尽，五更春鸟满山啼。

诗人深深地沉浸于那样一个初春的月夜之中，以至于那初萌的氤氲春气，似正从大地深处，向诗人心灵深处弥漫而来，是诗人“梦觉”而“偏知春意暖”呢？抑或是诗人从虫声的鸣叫、满山的鸟啼里听出了报春的第一声欣语呢？

　　又如苏东坡一首极有名的诗：

　　　　竹外桃花三两枝，春江水暖鸭先知。

　　　　蒌蒿满地芦芽短，正是河豚欲上时。

　　　　　　　　　　　　　　　　　（《惠崇春江晓景》）

诗人不是直接表达对春天的喜悦，而是把他的感觉，转换成大自然中生物的感觉，通过大自然本身的生命律动来体现。钱锺书先生指出，东坡诗意，实近南朝（梁）人王筠的《雪里梅花》："水泉犹未动，庭树已先知。"① 然而，不同的是，清澈的心耳，玲珑的心机，在六朝山水之赏中，代表着哲人在宇宙深处谛听生命，而在宋人那里，则代表着大自然生命自身的全幅呈示。六朝注重的是高度敏锐纤细的审美感受力，而宋人则更注重大自然本身的活泼泼的生机。

陶然醉酡

一旦清澈的心耳、玲珑的心机打开之后，从这一刻起，宇宙与人心之间的帷幕便永远地揭开了，诗人的心灵进入陶然醉酡的悟境，物我之间的界限渐渐由模糊而消解，"春山冶笑，我只见春山之态本然；秋气清严，我以为秋气之性如是，皆不期有当于吾心者也"②。

春山、秋山，阳光、空气，既是自然的本然存在，又是构成人类心灵面貌和肢体的重要成分。"我们发见我们底情感和情感底初苗与长成，开放与凋谢，隐潜与显露，一句话说罢，我们底最隐秘和最深沉的灵境都是与时节、景色和气候很密切地互相缠结的。一线阳光、一片飞花，空气底最轻微的动荡，和我们眼前无量数的重大或幽微的事物与现象，无不时时刻刻在影响我们底精神生活，及提醒我们和宇宙的关系，使我们确认我们只是大自然底交响乐里的一个音波：离，它

---

① 参见钱锺书《谈艺录·六八》，中华书局 1984 年版。
② 见钱锺书《谈艺录·八》论郭熙《山水训》，中华书局 1984 年版，第 55 页。

《梧竹秀石图》 〔元〕倪瓒

要完全失掉它存在的理由，合，它将不独恢复一己底意义……"①

在中国古代诗歌理论中，将此种陶然醉酡之诗境，称之为"物化"。苏东坡《书晁补之所藏与可画竹》云：

> 与可画竹时，见竹不见人。
> 岂独不见人，嗒然遗其身。
> 其身与竹化，无穷出清新。
> 庄周世无有，谁知此凝神。

文与可画竹子，仿佛自己就是竹子。"韩干画马，人入其斋见干身作马形。"（贺裳《邹水轩词筌》）曾云巢画草虫，"方其落笔之际，不知我之为草虫耶？草虫之为我耶？此与造化生物之机缄盖无以异"（罗大经《鹤林玉露》丙编卷六）。诗人画家，同臻此境。

李白《赠丹阳横山周处士惟长》云：

> 当其得意时，心与天壤俱。
> 闲云随舒卷，安识身有无？

又苏东坡《六月二十七日望湖楼醉书》云：

> 水枕能令山俯仰，风船解与月徘徊。

---

① 梁宗岱《诗与真·诗与真二集》，外国文学出版社 1984 年版，第 78 页。

皆属此一种如梦如幻，身与物化、神与天游的大和谐大快乐境界。唐代诗论家司空图道：

> 匪神之灵，匪机之微。如将白云，清风与归。
>
> （《诗品·超诣》）

> 高人画中，令色绷缊。御风蓬叶，泛彼无垠。
>
> （《诗品·飘逸》）

"御风"，正是道家哲学的著名命题。《列子·黄帝》云："进二子之道，乘风而归。……心凝形释，骨肉都融，不觉形之所倚，足之所履，随风东西，犹木叶干壳，意不知风乘我耶？我乘风乎？"苏辙有《御风辞》（《栾城集》卷一八）："澹乎与风为一，故风不知有我，而吾不知有风也。"追至根源，便是《庄子·齐物论》中那个人们常乐道的故事：

> 昔者庄周梦为胡蝶，栩栩然胡蝶也，自喻适志欤！不知周也。俄然觉，则蘧蘧然周也。不知周之梦为胡蝶欤？胡蝶之梦为周欤？

"物化"诗境的哲学思想渊源，正由庄周梦蝶的故事开山。中国山水诗"无我之境"的内蕴，千言万语，皆与这一做梦的故事相通。庄子的本意，原不过是为了表达他对人的存在的一种深刻的体验，也即是说，人对自我生命的固执，原不过乃一场梦而已。然而却恰恰启悟了后代诗人对生命、对自然真正的审美体验；庄子哲学的真精神，乃在于对人类生命有一种最真挚的热爱。庄子哲学的特点，恰在于以否定或反面的语言，表达了他对人类生命的大慈大悲。

儒家从正面肯定生命的美与善，可以与庄子互补互证。正如"有我之境"与"无我之境"，共同指向生命的美，犹如一轮朗月，照澈诗心，沐浴着灵魂的四隅。

第四章

泰山秋水

—— 向上与超越

《千里江山图卷》（局部） 　［宋］王希孟

志欲小天下，特来登泰山。

仰观绝顶上，犹有白云还。

——明·杨继盛《登泰山》

陶渊明诗:"春秋多佳日,登高赋新诗。"(《移居二首》之二)早在《诗经》的时代,中国经典文学就给予诗人这样的承诺:升高能赋,可以为大夫。这是有关文学才能与政治才能之间达成的一项最古老的约定之一。[1] 我们不必断言历代诗人如何无意识地受到这种承诺的强烈诱惑。然而,我们可以很容易在每一个诗人的集子里,发现《登某某》、《某某临眺》之类题目反复出现着。

在后世山水诗发展过程中,可以说"千年词客心,万古凭栏意",登览与远眺,具有永恒的魅力。[2] 可以说这个世界里有了山、有了楼,于是诗人们可以从芸芸众生、茫茫尘世之中上升起来,游目骋怀,超越狭小的身观所限,昂首天地,将其生命人格与精神情感,伸张于无限开阔的宇宙空间。因而登览诗,含有人与自然之间隐潜的精神联系,映现着中国山水诗人的心灵境界。

同样是登览诗,同样是将人的精神向上提举,细加分析,却有着不同的文化心理模式。登览诗的背后,分别有庄子与孔子的影子。

---

[1] 见《诗·鄘风·定之方中》毛传。《汉书·艺文志》云:"言感物造耑(端,思绪也。——引者注),材知深美,可以图事,故可以列大夫也。"

[2] 在西人文学传统中,一直到中世纪,山仍是属神的世界,不可侵犯,不可攀登,到了但丁,才真正"为了远眺景色而攀登高峰——自古以来,他或许是第一个这样做的人"(〔瑞士〕雅各布·布克哈特《意大利文艺复兴时期的文化》,何新译,马香雪校,商务印书馆1979年版,第294页)。

泰山之志

孔子与泰山

泰山，号称"五岳独尊"，以其雄伟峻拔，为中国高山大岳的首冠。明代文人张岱不乏夸张地描写道："山东地势之高出于江南者，不知几千万仞，而岱又高出于山东几千万仞。则自江南发足之地，凡从鞋跋下高一咫尺者，皆岱之高也。"（《岱志》，《琅嬛文集》卷二）泰山在中国诗人心目中的地位，更在于它被层累地赋予了文化精神上的意义。封禅、游观、畋猎、求仙、铭功刻石……泰山所有的意义中，孔子的所谓"泰山之志"，影响中国山水诗最为深刻。

《孟子·尽心》载："孔子登东山而小鲁，登泰山而小天下。"孟子的言辞非常简单，但是它所涉及的思想远远超出于这两句言辞。反复不断地吸引着后代诗人的，乃是这一言简意赅的断片之中表现着的孔子的生命情调。虽然，具体的历史场合、情景，已经茫然无考，但是后人至少可以了解：孔子一生中曾两次离开鲁国，第一次是去当时的东方大国齐国，宣传他的政治主张；第二次是鲁定公对孔子产生了不信任，于是孔子带领弟子们，开始周游列国，汲汲于实现自己的政治理想。因而，"登东山而小鲁，登泰山而小天下"所表现的心态，具有向上伸张的精神欲求，是孔子远大抱负、精进生命的一种象征。

《论语·为政》记孔子语："吾十有五而志于学，三十而立，四十而不惑，五十而知天命……"这正是孔子一生这种境界的自白。不断精进，奋力向上，孔子的泰山之志，作为他的生命历程与精神境界的一种感性显现，构成儒学有关生命存有形态的深刻内涵。《易经》所谓"天行健，君子以自强不息"（《易传·象传上·乾》），孟子所谓"浩然之气，塞于天地之间"（《孟子·公孙丑上》），均与孔子的"泰山之志"具有精神上的相似之处。

孔子周游列国途中，困于陈蔡之间，绝粮，从者病，而讲诵弦歌之声不衰。是时，孔子问弟子："《诗》云：'匪兕匪虎，率彼旷野。'吾道非邪？吾何为于此？"颜回答道："夫子之道至大，故天下莫能容。……不容何病？不容然后见君子。"孔子欣然而赞赏之。（《史记·孔子世家》）颜回的话，又与孔子的泰山之志，具有精神上的一致。

这种无限向上伸展的精神，正是在古代登览诗中表现出来的抒情形态。它发源于"五岳之长"的泰山，又绝不仅仅止于泰山。

《望岳》及其他泰山诗

岱宗夫如何？齐鲁青未了。

造化钟神秀，阴阳割昏晓。

荡胸生曾云，决眦入归鸟。

会当凌绝顶，一览众山小。

唐玄宗开元二十四年（736 年），孔子死后一千多年，青年诗人杜甫来到泰山，写下了这首有名的《望岳》。诗中典型地表现出了杜甫未来的生命方向；表明了他首先是一个"士"，其次才是诗人；表明了他生命历程的起点，正是先贤的思想高度，具体地说，即是孔子的泰山之志。

"岱宗夫如何"这一句发端，已经不是写诗，因为它超出了诗歌的格式和用语，足见青年杜甫的生命健力。正如金圣叹评的："一字未落，却已使读者胸中眼中隐隐隆隆具有岳字望字。"（《杜诗解》卷一）① "齐鲁青未了"，所展示的空间，无限延伸。一个"青"字，即此广大山川中绵绵延伸的生机，亦是青年诗人心胸中无限蓬勃的生机。中四句，更将天地宇宙摄入望中。金圣叹因而说："从来大境界非大胸襟未易领略，读此四句益信。"尤其值得注意的是，诗人还要超越此一空间，将它转化为"小"。

朱熹的《四书集注》说"孔子登泰山而小天下"一句："所处益高，则其视下益小；所见既大，则其小者不足观也。"（《孟子集注》卷十三）金圣叹从诗题上说："翻望字为凌字已奇，乃至翻岳字为众山字，益奇也。"由此可见，与其说杜甫写泰山，不如说诗人借泰山之雄与高，写其"登泰山而小天下"的精神志向。清人浦起龙《读杜心解》说："杜子心胸气魄，于斯可观。取为压卷，屹然作镇。"（卷一）正是拈出了此一层意义。朱熹说的"所处益高所见既大"，以及金圣叹说的"翻"，都是指这种不断向上、不断精进的生命欲求。

杜甫《望岳》一诗，犹如一粒种子，包孕着诗人一生致君尧舜，

---

① 本章所引金氏评说杜诗文字，均引自该书。

生命不息、理想不灭的强大精神动源。杜甫晚年，在夔州，曾深情追忆青春时的心胸："昔我游山东，忆戏东岳阳。穷秋立日观，矫首望八荒。"（《又上后园山脚》）诗人以其"矫首望八荒"的形象，以其在中国文学史上的思想境界与人格高度，大大充实、传承、光大了孔子"泰山之志"的内涵，其意义已远非山水诗所能范围了，亦远非铭诗于泰山之石所能体现的了。

有了杜甫这首《望岳》，所有写泰山的诗似乎都黯然失色，可有可无。此一现象，颇类似"眼前有景道不得，崔颢题诗在上头"（辛文房《唐才子传·崔颢》载李白语）的黄鹤楼诗。元人元好问虽然也写过一首歌行体的《游泰山》，但篇末也无奈发出感叹："眼前有句道不得，但觉胸次高崔巍。"能真切感受泰山对人的胸襟的提升、提举，便是真诗人。

尽管如此，明代诗人杨继盛的《登泰山》仍值得品味。诗云：

> 志欲小天下，特来登泰山。
> 仰观绝顶上，犹有白云还。

我们不仅由此小诗中，感受到了泰山的文化意蕴如此吸引着一代一代的诗人，感受到了中国哲人的襟怀滋养着中国诗人的情怀，我们还同时发现，诗歌也以其特有的方式，注释、阐发着哲学精神："会当凌绝顶，一览众山小"，是一层；"仰观绝顶上，犹有白云还"，又是一层。宇宙空间的无限，正是人类精神生命无限向上的证明。最深刻的诗情，实在已经打通了最微至的生命哲学。

　　文化精神灌育着诗思血液，诗美体验又融凝为文化精神。我们从这种意义读登览诗，虽然不必是登泰山诗，虽然不必明言儒学影响，但无往而不是"泰山之志"的精神形态，无往而不体现文化精神。

精神的张势之一

　　从空间的角度读登览诗，"登东山而小鲁，登泰山而小天下"，就包含着由较小的精神空间伸张为较大的精神空间这样一种抒情原型。这里说的空间，指的是空间的表象，生命的意象。从空间表象即生命符号的角度，我们来读千古传诵的王之涣《登鹳雀楼》：

　　　　白日依山尽，黄河入海流。

　　　　欲穷千里目，更上一层楼。

鹳雀楼在山西蒲州，坐立在黄河边的高坡上。楼前面是气势磅礴的中条山脉；眼底下是激流滚滚的黄河。诗人的意念，首先随着巍巍的中条山脉绵亘起伏，向东向西伸展而去，飞向遥远的天边，在那里与正在徐徐降落的太阳会合。然后，诗人的意念又随着滔滔滚滚、一泻千里的黄河，由西向东，伸展到遥远的水天相接的远方。白日由东向西运行不息，黄河由西向东奔流不止，这不仅是宇宙自然的空间，同时也是诗人精神意念上的空间，是诗人深情感悟到的民族精神生存空间的咏唱！①

此时此刻，诗人王之涣被眼前的景象，胸中的激情深深感动了。联想到生当一个令人振奋的盛唐时代，他心里一定涌满了蓬蓬勃勃的激情，躁动不安的激情。他不满足，虽然不一定知道为什么不满足；他似乎觉得眼前的空间，依然不足以容纳他心中汹涌的热情，尽管他的视线已到达天边、地尽头，诗人还要"更上一层楼"去登上那楼外之楼，去见那天外之天。诗人的精神空间，此时已经更加伸展，伸展到天地之外的无限宇宙大化空间，诗人所表现的生命境界，是无限开阔而无止域、无限向上而无止息的境界。

从精神形式上说，"更上一层楼"与"会当凌绝顶"，具有同样一种空间意味，都是先展示一个大空间，然后又将其转化而为"小"。这种抒情模式，成为登览诗中光景常新的美学形式。

宋代有个名叫萧德藻的诗人，被贬谪到古夜郎，在那里漂泊了三年。羁客的怨思，浪子的酸辛，他的生命前程苍茫一片。这年秋天，诗人来到洞庭湖。八百里湖光山色，无限高爽辽阔的秋天秋水，给予诗人一种极美的精神愉悦，那些怨思苦情，渐渐退却。诗人泛舟湖

---

① 日本东京驹泽大学的小川隆教授曾问我："黄河"一句，似表达肯定的情感；"白日"一句，似表达消极、否定的情感，二句似不相称。京都大学的川合康三教授曾写文章，认为"白日依山尽"的"尽"，不是"完了"之义，而是"尽力"之"尽"，是太阳还在山的另一边，继续发光发热的意思。你认为可以这样说吗？（补按：川合教授的观点，参见其《"白日依山尽"解》一文，收录于氏著《终南山的变容——中唐文学论集》，刘维治、张剑、蒋寅译，上海古籍出版社 2007 年初版，2013 年重版。）我回答：这个问题前一半是有意义的，但解为"发光发热"，恐怕有贵国人对"日不落"的想象在内。从"日月经天、江河行地"的唐人宇宙认知图式来解，便得其真相。不过，亦感谢小川教授提供材料，使唐诗多一典掌。

上，随着白鹭的翩翩起飞，捕捉诗的灵感；远眺水尽头隐隐的青山，感受到心胸无限开阔。这时，诗人忽然感觉到勃勃的意兴难以平复，他索兴弃舟登岸，要登上那千古名楼，要高瞻远瞩，获取一个更广大的精神空间。他的《登岳阳楼》一诗下半部分写道：

> 得句鹭飞处，看山天尽头。
> 犹嫌未奇绝，更上岳阳楼。

一切都发生得那么自然、真切，很难说诗人摹仿了王之涣。只能说登览的传统中，人同此心，心同此理，或有着冥冥相应的精神隐秘联系，将诗人们一一沟通了。

又如欧阳修写的一首登山的诗《嵩山十二首·中峰》：

> 望望不可到，行行何屈盘。
> 一迳林杪出，千岩云下看。
> 烟岚半明灭，落照在峰端。

细加玩味，全诗中贯穿着一股不断向上攀越的力量，全诗亦有由小到大的空间意味。"一迳林杪出，千岩云下看"，何等高迈！回头看走过的山路，当初的艰辛与逼仄，可以由此刻的轻快与开阔做了补偿。然而再抬头望去，那落照峰端的风景，该更奇绝；从峰端看此地，当有更美的享受。空间的意味，不仅富于情思，又更有一份高昂的人生意志。我们说登览诗充分体现了中国文化精神，尤其是儒家思想的刚健

《松风叠嶂图》 ［清］王时敏

精神，正是在这种地方。

再如明代民族英雄于谦，一生赤胆忠心，"铁石犹存死后心"（《咏煤炭》），为国鞠躬尽瘁。他任山西巡抚时，作有一首《上太行》：

> 西风落日草斑斑，云薄秋空鸟独还。
>
> 两鬓霜华千里客，马蹄又上太行山。

西风劲草，落日暮云，高天归鸟，何等苍茫、壮阔的境界。我们不仅看到了巍巍太行的寥廓景象，我们不仅感受到了大自然的壮阔所透露出的诗人胸襟；我们更由最末一句，看到了诗人立马太行、雄视千里的英雄形象，感受到他壮心不已、生命不衰的烈士情怀。

登览诗除了以激情、生命意志的形态表达中国哲学精神之外，还有一种形态，即智慧的形态。在此一种形态里，激情的奔涌，意志的张力，都沉潜下来，诗人用慧眼拈出自然山水的一角，作理智的观照、知性的反省。如清人刘源禄登崂山胜景之一的华楼山时所作《华楼》一诗：

> 山下烟霞山上楼，丹梯躞足小勾留。
>
> 置身已在烟霞上，还有烟霞最上头。

此一帧小诗，正是以清新明快的语言，将中国哲学的深刻意蕴，化而为形象生动的人生智慧格言。

唐人司空图《诗品二十四则》说："行神如空，行气如虹。……喻彼行健，是谓存雄。"（《劲健》）"大用外腓，真体内充。返虚入浑，积健为雄。"（《雄浑》）一个"健"字，追到了中国诗歌艺术中空间美学体验的文化之根。"百尺阑干横海立，一生襟抱与山开"（陈与义《雨中再赋海山楼诗》），中国诗人的登览、凭栏、高瞻、远眺，千古诗人襟抱，岂止是艺术而已!

秋水精神

庄子与《秋水》

中国古代登览诗、远眺诗，有另一支思想线索，深深地联通着庄学精神。

庄学精神，用一句最通俗的话来说，就是"想得开"的精神。"开"字，古作"開"，从门。人生中有许多人为的门，人为的壁障，封闭了我们的自由心灵，遮蔽了人类的生命真谛。在庄子看来，人生的真实意义，必须打破这些壁障才能获得。机巧、智识、功名、利禄等，都是将心灵闭死的门。《庄子》一书，无处不是讲勘破富贵功名、声色犬马，以及人为的一切自以为聪明的享受，去抵达自由人生的境界。所以《庄子》一书，充满各种"小"与"大"的对比，由一个自我封闭的心灵空间，透入无限自由的精神空间。

《庄子》有名的《秋水》篇讲述了一个故事：秋水时至，百川灌河，水流之盛大宽阔，于是两岸之间什么都看不清楚了。于是河神欣然自喜，以为天下之大，都集中在他的管辖之下了。河神顺着水流往东走，到了北海，他向东面张望，根本看不见水的边涯，这时河神才改变了自得的脸色，向着北海神望洋兴叹："我这样将永远贻笑于大方之家啊！"而北海神虽说了一番"天下之水，莫大于海"，但又给河神描绘了一幅更大的空间：

> 计四海之在天地之间也，不似礨空之在大泽乎？计中国
> 之在海内，不似稊米之在太仓乎？

想一想四海在天地中间，不就像蚁穴在大泽里一样吗？想一想中国在四海之内，不就像小米在粮仓里一样吗？宇宙空间如此开阔广大，有什么值得把心灵封闭起来的理由呢？

由这个故事可以看出，庄子所谓"中国→西海→天地"跟孔子所谓"鲁→东山→泰山"一样，精神的视界是开放的，空间的体验是伸展的。从这种意义上说，应该是中国思想传统文化心理结构之中的儒道互证。但是，这两种精神又存在着微妙的差异：儒家思想传统以"刚健"为中心，借空间的张势以提升人的精神的向上性；道家思想则以"自由"为中心，借空间的拓阔，以抒发人的个体的自由感。从这种意义上说，又应当是一种深刻的儒道互补。

由于以"自由"为中心，道家，尤其庄子的心理空间体验，充满着否定性力量，充满着挣脱的意欲，充满着开合、翕辟、张弛、动静的对立统一因素。

《逍遥游》篇中，鲲鹏展翅，背负青天，九万里徙于南冥，这一空间就比翱翔于蓬蒿之间的鸤鹦、学鸠的世界，广大得多，自由得多；列子御风而行的空间，又比鲲鹏更自由自在；然而至人"乘天地

之正，御六气之辩，以游无穷"，又比鲲鹏和列子更自由、更无限。尧拥有天下之广大与美，然而尧见四子藐姑射之山，汾水之阳，窅然丧其天下，以天下为不足道。清人宣颖《南华经解·〈逍遥游〉》说："譬如九层之台，身止到得这一层，便不知上面一层是何气象。"这便是拈出了《逍遥游》的主旨与结构：层层透出，层层透破人生的壁障，获取开放心态，抵达自由高度。

十分有趣的是，陶渊明的《桃花源记》为何要在"桃花源"的入口处，虚构一个非常逼仄的山口？"林尽水源，便得一山，山有小口，仿佛若有光……初极狭，才通人"，这正是诗人从道家庄子那儿化来的形式。他要使进桃花源的人首先感受到某种挤压感、某种逼压与紧张，象征着现实人生的种种拘束，然后由此挣扎而出，伸张到一个开阔自由的空间："复行数十步，豁然开朗，土地平旷，房舍俨然……阡陌交通，鸡犬相闻……"此种心理空间体验，遂形成中国山水诗另一个不易被人察觉的思想传统。

泛湖与游山

唐乾元二年（759 年），李白终于从流放夜郎的途中，遇赦归来。这时，他的族叔李晔正贬官岭南，二人在岳州（今湖南岳阳）相遇。在此之前，中书舍人贾至，也是李白的一个朋友，被贬到了岳州。同样的遭遇，相通的心境，三人于是共游于月光下的洞庭湖。李白在这次游湖中，写下了五首一组游洞庭诗，其中一首云：

南湖秋水夜无烟，耐可乘流直上天？

且就洞庭赊月色，将船买酒白云边。

（《游洞庭湖五首》之二）

南湖，即洞庭湖。月华空明，水天一色，整个儿一个透明的空间！久茹生命不自由之苦楚的诗人，心胸无限舒展愉悦。此时，诗人忽发奇想，怎样才能够随着这素波清辉，泛舟于高高的天宇？"耐可"，即用疑问的语气，表达诗人精神正寻求更自由、更宽阔的境界。且让我们共同享受这通体清莹的月色，且让我们划入醉乡，划入湖水深处，划入白云明月的天空！诗人在想象中抵达了无限的空间，获得了无限的慰藉。

李白的另一首洞庭诗云：

划却君山好，平铺湘水流。

巴陵无限酒，醉杀洞庭秋。

（《陪侍郎叔游洞庭醉后三首》之三）

小诗一开头，就给人一种由堵塞、狭小、憋闷到舒畅、自在的心理效应。"划"即"铲"，"铲却"，是诗人自由生命得以伸张的一种语言符号。湘水可以滔滔滚滚、无遮无拦地流向天边，"铲却"君山之后的世界，何等开阔！湘水之尽情无碍流涌，正是诗人生命得以舒展的象征。在醉仙的酒兴里，山水醉了，枫林醉了，普天同醉，同是诗人自我人格的延伸。

李白的登览诗，充分体现了诗仙的性格。现实世界无论如何完整，总有缺憾；经验所把握的空间无论如何广大，总嫌不够。诗仙每游一处名山，总想从道人的烟霭，或佛像的笑容里，寻出一条通天的秘道。如《登峨眉山》，诗人说："蜀国多仙山，峨眉邈难匹。周流试登览，绝怪安可悉。青冥倚天开，彩错疑画出。"然而诗人仍不满足，因为他固执地相信一个故事：峨眉山西南，有一座绥山，比峨眉山高，不知几千仞。周成王时，就有一个骑羊的仙人——葛由在那里遨游，追随他而去的人，至今未还，皆得仙道。诗人在这首诗的结尾处满怀希望："倘逢骑羊子，携手凌白日。"（典出《列仙传》，参阅王琦注《李太白全集》卷二一）

如果没有通仙界的故事，也没有其他的入口，诗人就做梦，梦见仙人羽衣持节，乘青龙白虎车，迎诗人升入天界。因此李白他登山，爱的是仙山，执着地期待着仙人相招。如《焦山望松寥山》一诗：

> 石壁望松寥，宛然在碧霄。
>
> 安得五彩虹，架天作长桥。
>
> 仙人如爱我，举手来相招。

在诗人的心灵里，恒久地搭起由现实世界通往理想世界的"长桥"。向往飞升、向往超越，虽然表现形态不同，但都是追求生命的无限自由。"河伯见海若，傲然夸秋水。小物昧远图，宁知通方士"（《答长安崔少府叔封游终南翠微寺太宗皇帝金沙泉见寄》）即表明李白精神与庄子精神，有着最深的一份默契。

精神的张势之二

人在现实生活中，常常会有各种逼仄、紧张、迫隘的感受。然而，人的生命本性是向往自由的，自由的生命欲求，必然要透破局踏迫隘的现实感受，撑开精神的世界，舒展苦闷的心灵。"九州不足步，愿得凌云翔。"（曹植《五游咏》）"悲世俗之迫隘兮，揭轻举而远游。"（司马相如《大人赋》）这正是由人生忧患意识中转出来的超越意识。

因而，古代的山水诗所展示的空间形式，除了孔子所代表的生命意志的向上的张势而外，另一种即庄子所代表的痛苦心灵得以解放的精神张势。后一种山水诗的空间意味，多半由痛苦心灵中转出。李白诗中所寻求的每一种飞升与远游的意象，无不是他精神寻求自由与解放的痛苦挣扎的体现。这里再举几首宋诗为例。如黄庭坚《雨中登岳阳楼望君山二首》之一：

> 投荒万死鬓毛斑，生入瞿塘滟滪关。
>
> 未到江南先一笑，岳阳楼上对君山。

宋哲宗绍圣二年（1095 年），诗人被政敌诬陷，贬往黔州（今属四川）。六年之后，被赦放还，来到巴陵（今湖南岳阳）。诗中所择取的两个空间景象，一是六年前往黔州经三峡时的景象。瞿塘峡、滟滪堆，是长江航行往四川的危险地带，"两岸连山，略无阙处；重岩叠嶂，隐天蔽日，自非亭午时分，不见曦月"（郦道元《水经注·江水》）。诗人用"生入"二字，表达生命濒于绝境的体验；这种逼仄迫隘的空间，予人以紧张、挤压、扼紧的感受。另一是岳阳楼上所面对的景象。六年后，诗人又穿过三峡，终于来到这岳阳楼上。岳阳楼所面临的空间，是空阔无垠的湖水，一直向春风春雨的江南伸延。那些重峦叠嶂、不见天日的旅途，已经被远远抛在身后。诗人欣慰的"一笑"，是大自在的解脱之笑，是开朗心理空间的审美愉悦，是生命由痛苦境遇中挣扎而出的超越感受。

另一宋代诗人范成大写的有关巫峡的诗，用不同的诗句，表达相通的感受：

> 千峰万峰巴峡里，不信人间有平地。
>
> 渚宫回望水连天，却疑平地元无山。……
>
> （《荆渚中流回望巫山无复一点戏成短歌》）

他在《吴船录》中描写山峡："山之多不知其几千里，不知其几千万峰，山之高且大如是"；然而过了夷陵（今湖北宜昌西北），"回首西望，则渺然不复一点；惟苍烟落日，云平无际，有登高怀远之叹而已"。大自然有机关联而又鲜明对照的两种空间景象，成为诗人对人生命运的冷静观照，对世事多艰、世俗迫隘之苦的超越洞察。

又如曾公亮的《宿甘露寺僧舍》：

> 枕中云气千峰近，床底松声万壑哀。
>
> 要看银山拍天浪，开窗放入大江来。

"开窗"一词，与李白游洞庭诗中的"划却"，具有同样的语义功能。一开窗就打开了一个大空间，一条银浪滔天的江潮，带着轰然巨响，似乎正扑面而来。诗人心境中那云水雾气般的迷乱、深谷松鸣般的哀怨，一下子即被冲涤净尽。

又如苏舜钦《和淮上遇便风》云：

> 浩荡清淮天共流，长风万里送归舟。
> 应愁晚泊喧卑地，吹入沧溟始自由。

诗人在水天相连的浩荡淮河上漂游，又有一路顺风相送，何等欢畅！但诗人发愁了，因为晚上不得不停泊在狭窄而吵闹的小港口。结尾笔锋一转：吹入沧溟始自由！何时能再乘长风万里，驰入无边无尽的大海之中，去获得一份大自由、大自在！这一类诗的空间意味，与"会当凌绝顶，一览众山小"的相同之处，是精神伸展的冲动；不同之处，杜诗是为满足精神向上的欲求，而此类诗则为获取精神更大的自由。

固然，从宋玉《九辩》"登山临水兮送将归"一句发唱，中国诗歌就有了伤高怀远的传统。在这一传统里，"长吏璅官，贤士失志，愁思无已，太息垂泪，登高望远，使人心瘁"（宋玉《高唐赋》），所谓"楚天长短黄昏雨，宋玉无愁亦自愁"（李商隐《楚吟》），所谓"天远楼高宋玉悲"（温庭筠《寄岳州李外郎远》），"故望之感人深矣，而人之激情至矣"（李峤《楚望赋》）。但是，中国诗人在大自然壮阔空间面前，绝非一味"精回魂乱，神荼志否"（《楚望赋》），他们在惨凄抑郁、惆怅不平的同时，也会兴发思虑，震荡心灵，情寄八荒，神飞天外。

人的生命虽然有限，但是人的精神世界是无限的，生命的自由本性是无限的。苏东坡《登玲珑山》中"足力尽时山更好，莫将有限趁无穷"一句，正是以最亲切的体验，拈出了山水中所证悟的生命境界。

第五章
逝者如斯

—— 勉励与纵浪

《林和靖梅花图》　　[宋]马远

独上江楼思渺然，月光如水水如天。

同来望月人何处？风景依稀似去年。

——唐·赵嘏《江楼旧感》

　　《论语·子罕》云："子在川上曰：逝者如斯夫，不舍昼夜。"中国哲人凭借时间，化思想与智慧为生命的内在体验。晋人陆机《文赋》云："遵四时而叹逝，瞻万物而思纷。"李白《古风》云："逝川与流光，飘忽不相待。"中国诗学凭借时间，领略生命的诗情与存在的真谛。时间感受，乃是中国诗歌艺术思维中一根极敏感深细的触角，深深探入生命的底蕴。

　　在山水诗中，时间的意象尤为丰富。夕阳衰草，暮天哀角，秋风边城，古原断鸿，每每引起诗人今古茫茫之感；春江花月，春草连天，春柳踠地，春梦如烟，每每予诗人以无端的感动与莫名的哀伤。

　　可以说，诗人在自然山水花草中，所得到的最大的感动，莫不与时间所引起的心绪有关。在山水诗中，诗人所捕捉到的时间体验，融凝为每一片飞花、每一线月光；融凝为清杳杳的小径、碧悠悠的流水。我们读山水诗，便是将时间感受重新激活，沿着那些小径与流水，去寻味、追思飞花与月光中那久远的逝水流光。

伤逝怀旧与勉励生命

伤逝的情感资源

　　如果将时间划分为过去式、现在式、将来式，那么，毫无疑问，在山水诗中最经常出现的时间是过去式。中国古代山水诗人有一种共通的审美兴趣，他们总是对往昔这个时间的维度敞开怀抱，这个世界为诗歌提供着取之不尽的情感资源。作为报答，已经消逝的往昔犹如幽灵似的穿透诗人眼前的自然景物，回到山水诗中。仅仅是山水本身，绝不能产生这种往昔的诱惑。拨开烟霭茫茫的词句，显露出来的是一个深厚的民族思想传统。

打开《诗经》、《尚书》、《周礼》、《楚辞》，很容易发现古代先贤始终将目光凝注于过去的时间。《诗经》里的《周颂》，正是在祭祀的庆典上，伴着歌舞与美酒，追思先王创业的仪礼诗。《尚书》记尧舜事、武王事，记成王顾命、周公抚孤，始终以虔敬的态度，注视着祖先，聆听着先辈告诫。《周礼》以理智的心情，整理排列着古代的器物、制度、典章。《楚辞》开篇《离骚》第一句话就说"帝高阳之苗裔兮，朕皇考曰伯庸"，叙说一个庄严的过去，一个不平凡的生命与过去之间神圣的联系。此一"过去式"，宿命般地预示了今与昔之间不可调和的冲突。"忳郁邑余侘傺兮，吾独穷困乎此时也"，"虽不周于今之人兮，愿依彭咸之遗则"。诗人对于"前代"、"往昔"，有着本能的一往情深，而对于"此时"、"今俗"，则有一种高度的蔑视。"曾歔欷余郁邑兮，哀朕时之不当。"《离骚》中思古之情，有浓重的悲剧色彩。

《诗》、《骚》、《书》、《礼》、《春秋》这些典籍，是民族早年生活性格、思想情感的记录。这些记录，又对民族精神生命的形态，起着莫大的塑造作用。这些记录具有的一种回忆式的情感特征，亦对于民族心理中的怀古、伤逝的情感特质，有着深刻的影响。孔子说诗是"告诸往而知来者"，便是将诗歌作为古与今之间的精神纽带之一。曾子说："慎终追远，民德归厚矣。"（《论语·学而》）"追远"二字，是其提炼出来的人性思想、人文精神之一：报本反始、追思生命的原初源头，正是温柔敦厚的情感来源。

"回首"之所以成为一种美的情感，是因为童年生活、昔日世事，多富于值得不断回味的价值。民族早年典籍中的情感正是属于这一种。而中国人文精神发展到魏晋时代，又给这种情感添上了新的质素。魏晋人面对天地翻覆的社会巨变，他们抛开了汉代人那沉重的礼法之衣，甩手尘寰，游心宇宙，以初醒的无所翳蔽的目光游览山川日月草木。春秋代序，日夜更替，引起他们时间意识中莫名的悲哀；浩浩太空、悠悠山河，引起他们对生命流逝的感动与自怜。往昔、往事，不再与古代先贤的功业相联系，而更深地植入了生命存在的感悟，更紧密地与个体所真切把握住的或没有把握住的价值，纠缠胶结在一起了。

我们看王羲之的《兰亭集序》：

> 夫人之相与，俯仰一世，或取诸怀抱，悟言一室之内，或因寄所托，放浪形骸之外。虽趣舍万殊，静躁不同，当其欣于所遇，暂得于己，快然自足，不知老之将至。及其所之既倦，情随事迁，感慨系之矣。向之所欣，俯仰之间，已为陈迹，犹不能不以之兴怀，况修短随化，终期于尽。

王羲之之所以被后人称为"古今第一情种"（金圣叹《天下才子必读书》卷九），正是因为他第一次说出了生命对于时间的无可奈何。他所感受的悲哀不是像先秦人那样，面对远古价值不可复得，作为社会存在的人而感受的悲哀，而是面对整个宇宙，作为个体生命存在的形而上的悲哀。"陈迹"也罢，"兴怀"也罢，都是既属于个体的，又属于宇宙的。晋人寄深情于往事世界，最有魅力之处，便是在先秦人缅想圣代、追念祖先的怀古情愫中，增添了一层真切的个体生命因素，以及深邃的宇宙意识因素。有了晋人的咏唱，中国诗人在山水自然中体验到的伤逝情怀，不仅具有深沉博大的民族历史意识深处的感动，而且具有一份沦肌浃髓的个人心灵深处的感动。

灵心的远游

王羲之在上面文章结尾处说："后之视今，亦犹今之视昔，悲夫！……虽世殊事异，所以兴怀，其致一也。后之览者，亦将有感于斯文。"后代的山水诗，不断复现着这种情怀。如唐人崔颢的《黄鹤楼》：

> 昔人已乘黄鹤去，此地空余黄鹤楼。
>
> 黄鹤一去不复返，白云千载空悠悠。
>
> 晴川历历汉阳树，芳草萋萋鹦鹉洲。
>
> 日暮乡关何处是？烟波江上使人愁。

传说，李白登黄鹤楼本欲赋诗，一见到崔颢这首，大为叹服，便不再写。正如王羲之所谓"所以兴怀，其致一也"，李白的心情，已由崔颢全然写出来了。

我们不必去管"昔人"指哪一个仙人，"黄鹤"又出自哪一种传说，我们读这样的诗，每每会生发出今古茫茫之感，仿佛面临一个时间无限深邃的宇宙太空，那不可睹的黄鹤仙姿，只是一小点微茫的影子，无限远去；那楼上悠悠的白云，便是一幅永恒虚空的面纱。这样的生命感悟，隐藏在每一个真实感受到自己生命存在的人的心里，像一个梦中的乡关，依稀隐约、烟波浩渺……"乡关"，是精神上向往的往昔世界，是古今诗心一致寄托之所在。把它说成是崔颢一人的故乡，便是痴人面前说不得梦也。

从这个意义上，中国的山水诗，与中国的咏古诗，有着深刻的精神联系。"画栋朝飞南浦云，珠帘暮卷西山雨。闲云潭影日悠悠，物换星移几度秋。"（王勃《滕王阁》）穿越时间长廊的怀古意识，在朝云暮雨中悠悠而至，在星空潭影中映现自身。"六朝文物草连空，天淡云闲今古同。鸟去鸟来山色里，人歌人哭水声中。"（杜牧《题宣州开元寺水阁》）在历史的回首中，满眼风光，有多少春日鸟啼的日子，多少秋天空阔的景象。而在这般风景的世界里，又有多少悲欢的往事，多少生灭与存亡。其用《礼记·檀弓》典："歌于斯，哭于斯，聚国族于斯"，正表明超越个体生命的怀古感受。"南朝四百八十寺，多少楼台烟雨中"（杜牧《江南春绝句》），是山水诗，又何尝没有深情浓意的怀旧情调？

《世说新语》中记有一个故事，说晋人袁宏小时家境极贫，帮人做工，运输大米往来于江上。有一天夜晚，月色极美，袁宏心情极佳，泊舟于牛渚（今安徽当涂西北三十余里，突出于长江边的一座小山）之际，高声朗诵自作《咏史》一诗，恰此时，镇西将军谢尚乘舟行经牛渚，听完大为惊奇，叹赏袁宏之才华，于是邀宏过船谈论，直至天明。这是一个蕴贮着知音遇合之感慨的往事。长久吸引着山水诗人的，不仅仅是牛渚风景之美。

李白《夜泊牛渚怀古》云：

> 牛渚西江夜，青天无片云。
> 登舟望秋月，空忆谢将军。
> 余亦能高咏，斯人不可闻。
> 明朝挂帆席，枫叶落纷纷。

清人王士祯评说此诗："诗至于此，色相俱空。正如羚羊挂角，无迹可求，画家所谓逸品是也。"（《带经堂诗话》卷三）此诗之所以有悠然情韵，是因为那一副融凝在透明深邃的夜空中的怀古心情，空间上的无限高远，加深了时间上的无限悠远。是怀古诗，也是绝佳的山水诗。

近百年之后，另一唐代诗人刘禹锡在和州（今安徽和县）任刺史时，亦写了一篇《晚泊牛渚》：

> 芦苇晚风起，秋江鳞甲生。
> 残霞忽改色，游雁有余声。
> 戍鼓音响绝，渔家灯火明。
> 无人能咏史，独自月中行。

这是山水诗，又何尝不是咏古怀古诗！牛渚，已经不是单纯的感官所感受的山水，而是已经层层凝结着令人神往的往事、满贮着情意的山水。那里的每一片风苇、每一声雁叫、每一点渔火，都诉说着曾经发生在此地的往事，都勾起人的悠悠追思。

《晴川揽胜图》　［清］恽寿平

所以中国人的咏怀诗，常常与山水诗合而不分。钱穆说：

> 东晋南渡人士游览江边，叹曰："风景不殊，举目有河山之异。"江山在地，风景在天；人文在地，文化精神亦充塞流行而上达于天。南渡人士心怀故国，祖宗魂气随以俱来，乃感风景之不殊。风景中附有人文，即无穷魂气之融入，故天人合一，古今合一。①

这一典故，既是历史，更是诗典，也是历史传承的人心，有此人心，山水便成为中国所独有之人文。

山水诗里有了怀古，便犹如空间意识中增添了时间的维度，诗人的心灵可以由此伸展出去，与往昔的世界接通，与过去的先贤晤谈。李白《谢公亭》云"今古一相接，长歌怀旧游"，此一"游"字，正是精神的壮游，心灵的神游，寻找生命止泊之乡的漫游。

树犹如此我何堪

《世说新语·言语》还有一则故事，极具时间体验上的深意：

> 桓公北征，经金城，见前为琅邪时种柳，皆已十围，慨然曰："木犹如此，人何以堪？"攀枝执条，泫然流泪。

---

① 钱穆《晚学盲言》，广西师范大学出版社 2004 年版，第 108 页。

故事中人物对生命流逝真切感受到一种伤感情愫，遂形成中国文学中的一个常见典故。庾信的《枯树赋》，末尾引桓温的话："昔年种柳，依依汉南。今逢摇落，凄怆江潭。树犹如此，人何以堪？"近人宗白华说，这几句可以说是一首凄美的四言抒情小诗。

清初的王士禛有一首题为《灞桥柳》的七言绝句：

> 灞桥杨柳碧毵毵，曾送征人去汉南。
> 今日攀柯憔悴绝，树犹如此我何堪？

诗人将典故中的"人"字换成了"我"字，虽出于平仄的需要，但无疑更为强烈地突出了典故中原有的个体意味，个体生命面临往事这一强大的情感世界时止不住的悲情。王士禛另一首咏柳诗云："十二年前乍到时，板桥一曲柳千丝。而今满目金城感，不见柔条踠地垂。"（《赵北口见秋柳感成二首》之一）"金城感"三字，正是用桓温的典故。柳已十围，当然不会"柔条踠地垂"了，自然景象生命的枯萎，正是诗人生命衰落的象征；而对大自然昔日生机蓬勃的追恋，正是对诗人自己生命光华的追恋。

中国山水诗一个最为常见的结构，正是通过一个特定的空间，将时间的过去和现在打通。那样一个特定的空间，犹如在诗人心灵里凿开了一个情感的小窗，那昔日的光阴，于是如一阵醇香，一泓宜人的阳光，从那里弥漫进来了，滋润心田、嬉戏灵魂……这个特定的小窗有时是一株古树，如：

玉兰古树记前朝，曾倚红妆听洞箫。

今日俊游如断梦，寻香又过水西桥。

（吴嵩梁《看花杂诗》之一）

有时是一处栏杆，如：

忆向宣华夜倚阑，花光妍暖月光寒。

如今踽飒嫌风露，且只铜瓶满插看。

（范成大《赏海棠》）

有时是一座寺院，如：

三十年前此院游，木兰花发院新修。

如今再到经行处，树老无花僧白头。

（王播《题惠照寺》）

尽管作者王播在此曾受辱（"饭后钟"的典故），但这与时光无情相比，又算得了什么？昔日的物象，对诗人来说，还是恒久地贮存着深长的意蕴。

晚唐诗人赵嘏的一首七绝《江楼旧感》：

独上江楼思渺然，月光如水水如天。

同来望月人何处？风景依稀似去年。

这首诗不仅仅表现了浓浓的缅怀故旧之情，更奇妙的是将这种浓郁的情思带进了一个无限缥缈的意境。"月光如水水如天"的意境，便是有限的时间进入无限的空间的意境。中国诗人怀旧伤逝诗心之空茫落寞，依稀清邈，莫此为甚！

饮露餐菊

中国诗人在自然山水中引起的时间体验，不仅仅是怀旧与伤逝，更有一种惜光阴、与争朝夕的情感，含有勉励生命的人文品性。

请先比较屈原《离骚》中两个句子：

> 朝搴阰之木兰兮，夕揽洲之宿莽。

> 朝饮木兰之坠露兮，夕餐秋菊之落英。

屈原在《离骚》中用"朝……夕……"句式凡六次，每一次都表现了一种时间的焦虑与紧张，但是意味不同。为什么上引第二个句子成为千古名句，给人以最强烈的惜时感，最高扬的生命壮烈之美？单凭文字训诂不能发现这里最微妙的艺术魅力。如果说，第一个句子是诗人的生命处于正常的状况，是喻示人生顺境时诗人对美好品德的追求，那么，第二句则是隐喻诗人在最穷困的时刻，在非正常的状况中，生命力发出的向上的力量。

"坠露"、"落英"二词，传达出时间刻刻逼近，即将错失的紧张感。时间的紧张，正是生命力度的加强。"坠露"、"落英"，象征一种初起时态。"坠露"是清晨才有的；"落英"，不是花瓣凋落，而是指初绽的花蕾，[①] 均含有一种生命美好的时间。而"饮"字、"餐"字，则表明不甘其沉暮，不忍其美好随着时间流逝而沉落，表明人的生命的自我提举。因而生命悲壮之美，正由时间体验的紧张中震荡而出。自然界之花草，被诗人撷取而为象征，一是因其美好、纯洁，一是因其必然随时间之消磨而枯萎、凋零。美好纯洁的价值，因时间的无情践踏、剥损方显得更为美好，更令人珍惜，因而引起诗人对自身美好人格、有为生命的无限珍爱。屈子之时间体验，其基调是勉励生命的，是一种由悟入自身的有限而勇敢地直面永恒与无限的悲壮之美。

屈骚中的"草木零落"意象，遂成为中国山水诗一个最普遍的意象。伤春、伤晚、怜红、惜花，是山水诗中最常见的情景。真正能具有勉励生命的人文品性的诗，便是将屈骚精神，融凝为自家生命的诗。

陈子昂的《感遇》，以物色表心境，如第二首：

> 兰若生春夏，芊蔚何青青？
>
> 幽独空林色，朱蕤冒紫茎。
>
> 迟迟白日晚，袅袅秋风生。
>
> 岁华尽摇落，芳意竟何成？

---

① 按，《西清诗话》："落，始也。"（宋人吴曾《能改斋漫录》引）。吴景旭《历代诗话》卷五七辑诸说，皆主"落英"为初花。

这首诗的语言，几乎全从《楚辞》中化出。"紫茎"令人想起"秋兰兮青青，绿叶兮紫茎"（屈原《九歌·少司命》），"白日"令人想起"时暧暧其将罢兮"（屈原《离骚》），"秋风"含有"袅袅兮秋风"（屈原《九歌·湘夫人》）的意蕴，"芳意"则由"兰茝幽而独芳"（屈原《九章·悲回风》）化出，"摇落"则由"草木摇落而变衰"（宋玉《九辩》）化出。每个关键意象都由楚声楚调中浸渍而出，诗中表达的情感，又感伤又执着，完全是屈骚精神的传承。

伤晚悼红诗，李商隐的颇著名，仅以其《花下醉》为例：

> 寻芳不觉醉流霞，倚树沉眠日已斜。
> 客散酒醒深夜后，更持红烛赏残花。

诗人之所赏，不是初开之花苞与绽放之奇葩，而是行将凋谢的残花在生命之最后瞬间所呈现之一种全幅的光华，是时间之"日已斜"与深夜之独醒时对生命的证悟。从"日已斜"到"深夜"，我们看到时间一次次沉落流逝，然而从"寻芳"到"倚树"再到"更持红烛"，我们看到不甘其沉落的、顽强与执着的一份生命意志。实际上诗人借赏花，表达的是一种生命的信念。诗话词话中反复说的"能将《骚》、《雅》真消息，吸入笔端"，所谓"骚情雅意，哀怨无端，读者亦能知何以心醉，何以泪碎"（陈廷焯《白雨斋词话》卷三），即指此一类作品。

苏东坡有诗云："寂历疏松欹晚照，伶俜寒蝶抱秋花。"（《次韵周长官寿星院同钱鲁少卿》）明代僧人道衍亦有诗云："如何不管身憔悴，犹恋黄花雨后香。"（《秋蝶》）在中国诗人心中，那孤独而执着的蝴蝶，那抱香至死的意愿，具有永恒的感动力，具有超乎文学的精神意蕴。

《易》学智慧

勉励生命的时间意识，又来源于古老的《易》学智慧。

日往月来，寒来暑往，天地宇宙的时间结构，是一个大循环。日中则昃，月盈则食，天地盈虚，与时消息。"天道亏盈而益谦，地道变盈而流谦，鬼神害盈而福谦，人道恶盈而好谦。"（《易·谦卦·彖》）这是古代先哲长久观察自然界日月山河、花开花落而总结出的朴素的智慧。中国人的文化心理，深受这种时间循环观的影响。哲学家说"反者道之动"（老子《道德经·四十》），文学家说"青山依旧在，几度夕阳红"（杨慎《临江仙》），历史学家说"分久必合，合久必分"，民间老百姓说"山不转水转"、"三十年河东，三十年河西"，总之是带着一种平静的心情，看时间的往复，法轮的流转（the Wheel of Fortune）。这种智慧，尤其当生命处于困厄、沮丧之中时，具有乐天知命的慰抚价值，使艰苦的人生重担变得易于承受，使人的心理情感由一种胶结于此刻此在的状况，变为流传于过去、现在、未来之间的一种超越性离实性的心灵状况。

我们可以读到这种类型的不少好诗。如李商隐的《夜雨寄北》：

君问归期未有期，巴山夜雨涨秋池。

何当共剪西窗烛，却话巴山夜雨时。

这首以写景怀人著称的诗，最突出的一个特点就是把现在和将来的时间接通了。唯其有了"将来"的时间视角，"现在"的悲苦郁抑凄清不仅更易于忍受，而且不久将转化为苦尽甘来的回味。试比较两处"巴山夜雨"的感情色彩，"现在"式的"巴山夜雨"何等凄凉，而一旦到了将来的那一天夜晚，夫妻剪烛西窗，娓娓话当年，那时谈话中出现的"巴山夜雨"，该有何等温馨与缠绵。有了不胶着于一时一地的时间意识，于是生命之艰苦方可升华为艺术之体味。

宋人王安石《州桥》云：

> 州桥踢月想山椒，回首哀湍未觉遥。
>
> 今夜重闻旧呜咽，却看山月话州桥。

州桥是汴京（今河南开封）城中汴河上的一座桥。山椒，即山顶，指金陵（今江苏南京）的钟山。诗人过去在州桥之上，踏着月光散步的时候，想到月光中银白色的钟山顶，想到山下凄切而急流的溪声。而如今真的来到金陵，来到钟山顶上赏月，却忆念起了汴京的州桥，那州桥下潺湲的水月。州桥的生活岁月，是诗人生命中入世用世的岁月；金陵的晚年时光，是诗人生命中退隐的岁月。诗人的思路是，由过去看今日，又由今天看过去。过去的入世生命中尽管有许多烦恼，有许多不幸，但将这一切置入今日的回味中品赏咀嚼，这种品味本身就是一种幸福。时间的流转、推移、往复，是生命对生命的慰藉，命运对命运的宽勉。

宋代哲学家邵雍有一首颇具哲理的《南园赏花》：

花前把酒花前醉，醉把花枝仍自歌。

花见白头人莫笑，白头人见好花多。

请比较李商隐的《花下醉》：二诗之共同点，是对花的醉赏，是勉励生命的人文品性；但李诗明显属于屈骚精神的系统，而邵诗则明显属于《易》学智慧的系统。"白头人"，乃是一种久阅人间沧桑、饱尝世事炎凉，由绚烂归于平淡的人生境界的象征；"白头人见好花多"，乃是智慧人生对时间流逝的冷静的承受与解脱的证悟。

再举两例具有循环时空观的宋诗：

曾拟扁舟湘水西，夜窗听雨数归期。

归来偶对高人画，却忆当年夜雨时。

（邵博《题智永上人潇湘夜雨图》）

与公京口水云间，问月何时照我还。

邂逅我还还问月，何时照我宿金山？

（王安石《与宝觉宿龙华院》）

生命之所以有悲欢，是因为生命不能超越一己之渺小。《易》的智慧，正是生命超越了个我，融入了宇宙大化的体验。如果这种智慧，消解了勉励生命的人文品性，更多掺入及时行乐的时间态度，就得到庄子的思想系统中去寻找原因了。

纵浪大化

勘破人的主位

屈原的时间感受，乃是由儒家以"人"为主位的价值态度中，凸显了"人"的个体存在性质；《易》的时间感受，乃是由儒道二家共有的宇宙论的角度，开放了人的生命存在连续的感受；庄子的时间体验，则是由道家以"自然"为主位的价值态度中转出，凸显了"人"的生命自由问题。

从表面上看，庄子的时间感受也是一种自然与人世、无限与有限的二元对照，与屈子同。其实，屈子由无限透出，肯定有限；而庄子则是放弃有限，选择和皈依无限。屈子之时间感，以人为主位，是一种强烈的返回自我价值的时间体验，而庄子之时间感，则以自然为主位，否定人的知性、人的主观认知框架、人的经验时空感，进而否定人为价值。

如《逍遥游》中"谬悠荒唐"的比喻："朝菌不知晦朔，蟪蛄不知春秋，此小年也；楚之南有冥灵者，以五百岁为春，五百岁为秋。上古有大椿者，以八千岁为春，八千岁为秋……"此即"小知不及大知，小年不及大年"。春生夏死、夏生秋死的寒蝉，不能与人类有时间的共喻，而人类亦不能与"八千岁为春"、"八千岁为秋"的大椿有时间的共喻。人类与蟪蛄的时间感为一。勘破人的主位，便是进入时间与空间的逍遥：

> 藐姑射之山，有神人居焉，肌肤若冰雪，淖约如处子，
> 不食五谷，吸风饮露，乘云气、御飞龙，而游乎四海之
> 外……

藐姑射山的神人，已经脱离了时间结构的管辖，没有紧张，没有忧虑，万变不能撼其身，采天地之元气，吸日月之精英，乘云气游于四海之外，何等快乐！屈子亦曾有过驾驭时间、令日月为仆从的经验，但毕竟那么短暂、那么虚幻，因为他时时回到真实的"我"的现实存在；而这一存在，在庄子，早已放弃。归依自然，无时间感即是快乐感，此庄子不同于屈子的诗化感受。

庄子对人的知性、经验时间的否定，即引向对人为价值、理性的否定。"往古来今曰宙，四方上下曰宇。"在庄子看来，时间、空间一样，皆无边际、无穷无尽："有实而无乎处者，宇也；有长而无本剽者，宙也。"（《庄子·庚桑楚》）唯其如此，在此一无限时间之流面前，人类的一切努力，皆极其渺小、短暂、有限、无意义。庄子将有关人生困境之种种，如贫富、贵贱、贤愚、穷达、功庸、老少、美丑、有无、始终、古今、生死等，一一投放入绝对无限的时间之流中，由时间的冲刷而使之失掉全体颜色，变成彼此流转、了无定性的时间之流的一部分。

庄子其实是另一种英雄：以更大更自由的想象，来代替人的现成的社会身份及其想象；以自然本位的建构，来代替社会本位的人性建构。

中国诗歌中大量的山水意象，深深胎息于庄子。

113

江山不管兴亡事

明代诗人钱点有一首《他山感旧》，诗云：

> 山头谁种树参天，种树人今去几年。
> 树老逢春枝尽发，可怜人去不知还。

诗人所说的"他山"在何方？叫什么名字？诗人所感之"旧"，是"旧人"？"旧事"？抑或是"旧时"？这些都渺然不可追考。或许诗人所拈出的诗境，正是无须乎追考，无须乎落实，无时间无地点的一种人生情境：一株若干年以前种下的树，枯了老了，但是一旦到春天，依然在枯老的枝头上绽放嫩绿的新芽，而昔日种树人呢？人的生命，与无忧虑的自然相比，何等脆弱。

明代另一诗人乌斯道有一首名《阚峰》的诗：

> 春山花发雨霏霏，花雨曾沾阚相衣。
> 今日山花依旧好，春风吹雨湿僧扉。

春雨春花春风，年年依旧，而昔日的僧，却早已作古。只剩一幅图景：紧闭的庙门，在春风吹雨中，寂然无言。还是那样的春风，还是那样的花雨，表面似乎是咏叹人生无常，然而又何尝不是消解此种感叹？

前面说中国山水诗浓郁的怀旧情，还没有涉及到庄子的影响。庄子的影响，正是在怀旧之情中，注入了一股清醒的理性气息——自然无情，将沉溺于感伤的心灵拯拔出来。私己的感旧诗如此，历史的怀旧——咏古诗亦如此。

在庄学精神中深渍而出的咏古诗中，诗人有一个共通的时间感受模式，即着眼于天地自然的"不变"与人世社会的"变"之间的对比。换言之，诗人凭借庄子的眼光，不约而同地发现了这样一件真相：宇宙自然了无时间伤害的痕迹，而人世社会却往往被时间践踏得遍体鳞伤。如下引诗句：

> 人世几回伤往事，山形依旧枕寒流。
>
> （刘禹锡《西塞山怀古》）

> 江山不管兴亡事，一任斜阳伴客愁。
>
> （包佶《再过金陵》

> 一千五百年间事，只有滩声似旧时。
>
> （陆游《楚城》）

> 浮世已随尘劫换，空江仍入大荒流。
>
> （戒显《登黄鹤楼》）

这可以说是中国咏怀古迹诗代代相承的典型音调。山色依旧青青，河水依旧长流，英雄当年之事业，则一去不复回返。

"英雄一去豪华尽，惟有青山似洛中"（许浑《金陵怀古》），

"升平旧事无人说,万叠青山但一川"(吴融《过九成宫》),柳色照样青,山花照样开,明月照常有,而昔日那美好的人事,如今安在?"无情最是台城柳,依旧烟笼十里堤"(韦庄《台城》),"庭树不知人去尽,春来还发旧时花"(岑参《山房春事》),"人生有情泪沾臆,江水江花岂终极"(杜甫《哀江头》),自然山川千秋永在,而人世价值转瞬即逝,无论人间至宏大、至精微的创造,到头来,"弦管变成山鸟哢,绮罗留作野花开。金舆玉辇无行迹,风雨惟知长绿苔"(李远《听话丛台》),永远敌不过青春永在、生命常存的大自然。

为何人偏要有如此痛苦的时间感呢?无时间感即无痛苦感。"争得便如岩下水,从他兴废自潺潺"(吴融《武关》),"不与兴亡城下水,稳浮渔艇入淮天"(贺铸《九日登戏马台》),像自然那样去对待一切,岂不是一种幸福?

苏轼《前赤壁赋》:"自其变者而观之,则天地曾不能以一瞬",这个好理解;"自其不变者而观之,则物与我皆无尽也",这就不太好理解,"我"怎么会"无尽"呢?其实,这正是庄子的想象方式:尽可能做到像自然那样去生活。

勘破知性时间,进入无时空的逍遥,这便是庄学精神在山水中打下的深深烙印。

自由人生的全幅光华

汉末魏晋人时间感受中的悲哀调子,到了陶渊明,方告结束。可以说中国人思想中由时间流逝引起的生命痛苦与心灵焦虑,到了陶渊明宁静安谧的山水田园世界里,方才真正得到了安顿与止泊。

《溪桥策杖图轴》　　［明］文徵明

陶渊明以其天性中一份哲人的睿智，使庄子的深层意蕴，在他那里得到了最佳的诗化表现。首先，在社会与自然的对立中，他选择、皈依后者，这便是庄学的核心。《归园田居》是陶诗的精品之一，一开头就说自己"少无适俗韵，性本爱丘山"。但三十年来误落尘网，如池鱼、如羁鸟，是根的失落、是自由生命的失落，然后诗人描写田园的风光如下：

> 方宅十余亩，草屋八九间。
> 榆柳荫后檐，桃李罗堂前。
> 暧暧远人村，依依墟里烟。
> 狗吠深巷中，鸡鸣桑树颠。
> 户庭无尘杂，虚室有余闲。
> 久在樊笼里，复得返自然。

一个"荫"字，一个"罗"字，何等地滋润，何等地温馨。堂前、屋后、远村、近巷，无限安谧宁静的空间；暧暧、依依、狗吠、鸡鸣，无限悠长舒缓的时间。当整个原野都沉浸在黄昏的静谧与安宁的气氛之中时，诗人久在樊笼中的身心，便得到了最大的放松。返自然，犹如儿女回到母亲怀抱，受伤憔悴的心灵得到最充分的慰抚。

值得注意的是，在公元三世纪的中国，就有了对自然山水的审美的发现，就有了回归自然的思想自觉，以及如此成熟优美的诗歌文艺，而西方审美史上，这一切晚了差不多一千年。①

　　陶渊明最喜写"归鸟"意象，"归鸟"，正是皈依大自然而获取生命自由的象征。如：

　　　　采菊东篱下，悠然见南山。

　　　　山气日夕佳，飞鸟相与还。

　　　　此中有真意，欲辨已忘言。

　　　　　　　　　　　　　　　　　　　　　　（《饮酒》第五）

　　　　秋菊有佳色，裛露掇其英。

　　　　泛此忘忧物，远我遗世情。

　　　　一觞虽独尽，杯尽壶自倾。

　　　　日入群动息，归鸟趋林鸣。

　　　　啸傲东轩下，聊复得此生。

　　　　　　　　　　　　　　　　　　　　　　（《饮酒》第七）

前一首，"悠然"二字，正是灵魂。南山之永恒渊默，象征着大自然时空的永恒，不因人类的悲欢而改变。诗人悟出了此中的真谛，便是得到了生命存在的悠然快足。那暮色苍茫中的群群归鸟，正是诗人心灵

---

① 〔瑞士〕 雅各布·布克哈特《意大利文艺复兴时期的文化》第四篇第三章"自然美的发现"："到 1200 年，中世纪全盛时期，对于外部世界又重新有了真正的、衷心的领略，但是，准确无误地证明自然对于人类精神有深刻影响的，还是开始于但丁。"（何新译，马香雪校，商务印书馆 1979 年版，第 292—294 页）

的象征。后一首，时间之流逝，被轻视地转化为一觞一觞、美酒频倾的生命形式，哀转化为乐；而一天之中时间的终结，则被精致地凝固成一幅万物安息的画面，置于诗人掌中玩抚不已，悲慨转化为冲淡。陶渊明真正理解了庄学精神。

苏东坡说"靖节以无事自适为得此生"，以今日一日无事，便得今日之生。"则凡役于物者，非失此生耶？"（《题渊明诗二首》，毛晋辑《东坡题跋》卷二）东坡亦理解了渊明。透出时间感上之一种"任化"、"纵浪"，得生命之大全大真，将异化之人生，转变而为自由之人生，这便是陶诗境界。①

生生之证

王国维《人间词话》中有这样一段：

> "风雨如晦，鸡鸣不已"；"山峻高以蔽日兮，下幽晦以多雨。霰雪纷其无垠兮，云霏霏而承宇"；"树树皆秋色，山山尽落晖"；"可堪孤馆闭春寒，杜鹃声里斜阳暮"，气象皆相似。

这里拈出的一种诗境，实即以屈骚为典型的时间诗化体验之一大传统。此一种传统，从表面上看，则只见风雨、冬雪、秋云、暮日，为

---

① 陈寅恪称陶渊明为"吾国中古时代之大思想家"，陶渊明所创立的"新自然说"，"惟求融合精神于运化之中，即与大自然为一体"。（见陈寅恪《陶渊明之思想与清谈之关系》，载《金明馆丛稿初编》，上海古籍出版社 1980 年版）

时间的向下沉落，为时间之压力感，为时间之边缘状态。然而从精神气象看，则为壮心不已之志士情怀，为九死不悔之生命意志，为独立苍茫之圣贤境界。人的生存性即时间性。然而，倘若没有时间的边缘状态（落晖、日暮），则亦不会有生命的边缘状态；而没有生命的边缘状态，人就无法真切体验生命。因而，这里的时间，作为诗之审美触觉，已深入生命价值的底蕴，呈示时间与生命此在的澄然明彻，显出中国人文精神之至高境界。

宋人罗大经《鹤林玉露》卷一六中亦有一段话，代表另一种时间体验：

> 唐子西云："山静似太古，日长如小年。"余家深山之中，每春夏之交，苍藓盈阶，落花满径，门无剥啄，松影参差，禽声上下。午睡初足，初汲山泉，拾松枝，煮苦茗啜之。随意读《周易》、《国风》，……陶杜诗、韩苏文数篇。从容步山径，抚松竹，与麛犊共偃息于长林丰草间，坐弄清泉，漱齿濯足……归而倚仗柴门之下，则夕阳在山，紫绿万状，变幻顷刻，恍可人目。牛背笛声，两两来归，而月印前溪矣。味子西此句，可谓妙绝。然此句妙矣，识其妙者盖少。彼牵黄擎苍、驰猎于声利之场者，但见衮衮马头尘，忽忽驹隙影耳，乌知此句之妙哉！

这不仅是传统山水田园情趣意境的典型表现，而且是中国文化关于时间体验的生动标本。这里，时间的一维性，已由山静日长的细腻感受所代替；过去、现在、将来的人为抽象时间概念在永恒自然的领悟之中层层剥落，自然化的人只是进入当下、此时、瞬息。"顷刻"可以体味"万状"，心境可以容留大化。生命的长度，亦由时间的密度所替代，由此得以充分地品尝人生、消受人生，从而从另一方面提升生命存在的价值。这是以庄学、陶诗为主体的传统所真实体验到的生命的诗情。

忧乐互济、悲智双修；不是厌弃生命而出命，不是冥冥祈祷于来世，中国诗之时间感，与中国文化的生命态度紧紧相关。无论其为烈士的勉励生命，或为高士的纵浪大化，皆归于生生之道的证悟。

第六章
鱼跃鸢飞

—— 流动飘逸之境

《烟江叠嶂图》　　［宋］佚名（传王诜）

朝辞白帝彩云间，千里江陵一日还。

两岸猿声啼不住，轻舟已过万重山。

——唐·李白《早发白帝城》

"梦绕边城月，心飞故国楼"（李白《太原早秋》），"楚山秦山皆白云，白云处处长随君"（李白《白云歌送刘十六归山》），中国山水诗推崇那种流动飘逸之境，在此种境界中，诗人可以驱群山、走沧海、惊天地、泣鬼神，以笔代造化之功，以心体天地之气。中国诗歌显示着人类生命的美感魅力，流动飘逸之境蕴含着中国文化精神。

陶纹：气韵生动的母胎

宇宙观照

中国山水诗人，与中国古代哲人有着相同的宇宙观照法。最为典型的例子，便是"俯视往还，远近取与"式的观照法。早在民族睿智灵光乍露的《易·系辞传》里，就说过先哲"仰则观象于天，俯则观法于地，观鸟兽之文与地之宜，近取诸身，远取诸物"。诗人们深深懂得此中奥秘。魏文帝曹丕的"俯视清水波，仰看明月光"（《杂诗二首》之一）；曹子建的"俯降千仞，仰登天阻"（《朔风诗》）；王羲之《兰亭诗》中的"仰视碧天际，俯瞰绿水滨"，都是正式的山水诗产生前的作品，然而却以其直观天地的诗心昭示了后世山水诗的灵魂。

这时的诗人像混沌初凿的天真孩童，绝不看花之筋脉与水之沧涟。他们对宇宙的美的体味，犹如鸟儿之拍翅，鱼儿之泳潜，全身心体味宇宙生命的波动。三曹七子诗中最为典型的一首山水诗，即曹操的《观沧海》，有句云：

秋风萧瑟，洪波涌起。

日月之行，若出其中。

星汉灿烂，若出其里。

幸甚至哉，歌以咏志。

"日月之行"是俯视、平视的景象，"星汉灿烂"是仰视、高瞻的景象。然而，"若出其中"，"若出其里"，又何尝不是俯仰自如、远近取与的博大胸怀，飞动流走的情思气韵！诗人在宇宙生命的波动中深深感动了，于是歌以咏志。由魏晋人高蹈的精神，可以理解《兰亭集序》的宇宙情怀：

仰观宇宙之大，俯察品类之盛。所以游目骋怀，足以极视听之娱，信可乐也。

只有深深浸渍于《易》学的精神，才真正懂得"游目骋怀"之乐。只有全身心向宇宙开放，才能感受宇宙与生命的最深秘奥。我们从嵇康的"俯仰自得，游心太玄"（《赠秀才入军》之十四）中，不是也可以感受到曹操"幸甚至哉"的歆然醉赏吗？

卷舒取舍如太虚片云

游目骋怀、卷舒流动之美，不仅仅是山水诗的艺术趣味、艺术特质，更是中国艺术的特质。

早在汉代雕刻艺术中的画像砖里，那些极富于生气的动物形象，无论是原野的牛或山坳里的兽，还是那些抽象意味甚浓的云纹、雷纹、龙纹等图案，无一不呈现流转跃动飞舞的情态。

《诗经》中有《斯干》一篇，称得上中国建筑艺术风格最早的记载，表明了周宣王时代的建筑，已经犹如野鸡伸翅欲飞。汉代文学中王延寿的《鲁灵光殿赋》，所描写的宫殿内部装饰，更是极富于各种飞腾、舞动、追逐、嬉戏的动物形象。与古希腊建筑如帕特农神庙（Parthenon）的万神殿极其庄严空寂的秩序意味相比较，尤见中国艺术的飞动性格。

中国古代的音乐艺术，讲求"清明象天，广大象地，终始象四时，周旋象风雨"（《乐记·乐象》），无一不呈现天地运动的生机节奏，即所谓"乐者，天地之和也"。

中国古代的绘画艺术，讲求"称性之作，直操元化。……其间卷舒取舍，如太虚片云、寒潭雁迹而已"（沈颢《画麈》）。尤以宋元山水画为典型：以各式抽象的点、线、渲、皴、擦，以摄取万物的精气和神韵。点画离披，时见缺落，逸笔撇脱，若断若续。而一点一拂，无不富飘洒流动的生命韵律之美。

中国山水诗，"俯视江汉流，仰视浮云翔"（苏武《诗四首》之一），十个字写出了宇宙的运行不息；"江流天地外，山色有无中"（王维《汉江临泛》），十个字写出了山川的浑灏流转；而"秋风渡江来，吹落山上月"（李白《送崔氏昆季之金陵》），也是十个字，写出了大化流行，风云变幻，更突出地写出了人的生命形式、情感节律。中国山水诗的重飞动、重飘逸、重流转，为何竟与中国艺术中其他种种，在精神上潜潜相通？

《溪山秋色图轴》　　［宋］赵佶

犹如万川之月，只是一月，我们不能不从文化源头、哲学智慧的层面，考察其来龙去脉。

陶纹的无限延展

中国艺术精神中流转飞动之美，追根溯源，即在陶器的纹饰。我们今天看到的陶纹，基本上是由一些缠绕的曲线呈示的。我们把这些线命名为钩叶、弧线、回纹、云纹、绳纹、平行条纹、S纹、双同心圆纹等，以及甚复杂的不知名的线状。有人推论是太阳崇拜，有人猜测是水波、云状的摹拟，或鱼网、编织的残痕等。

按照卡西尔（Ernst Cassirer）的理论，人类最早的文化符号，无不与神话思维，即人类对宇宙与生命一体的直觉相关联。因而，陶纹是中国古代先民直观万物生命运动的智慧符号。我们看陶纹中那些无限延展运动的曲线、连绵、缠绕、勾曲、起伏，似乎把天上的云画进了地上的河，又似乎将原野的风写入了山坡上的树，万物的生长与安息、嬉戏与低语、伸展与蜷曲，无一不化而为生命之流的飘连与流绕。绵绵水云，生生不息。这便是中国先民在陶器的泥、水、火的溶凝中，所潜藏的一份深切动人的生命意识。与古希腊的艺术渊源基础不同，中国艺术的根源之处，缺少单个的人体与物体，缺少静止的立体形象，它的形态是线的飘动，是天地的大气流衍与自然的活泼生命。

陶纹中所潜藏的先民生命意识，后来便由最早的哲人阐发总结为一种"气"的哲学。管子说，"有气则生，无气则死，生者以其气"（《管子·枢言》），是谓"气"为生命的本源；而庄子所谓"通天下一气耳"（《庄子·知北游》），则谓万物皆不在"气"之外，万物乃一生命的大和谐。《易·乾卦》所谓"生生之谓易"，"云行雨施，品物流行"；《易·系辞传》所谓"天地絪缊，万物化醇；男女构精，万物化生"，便将整个宇宙直视为一全幅生命元气的流行。

西方哲学中，讲到宇宙本根的原子论，断言一切气皆由微小固体汇聚而成，而中国哲学的气论，则相信一切固体皆是气之流行与凝结。古希腊人将物界自然看作物理的，以始基（希腊文 Arche）、质料因、形式因、动力因等物理现象为认识论基础，而中国古人则以"生生"，以"天地絪缊"之中，万物交接、交配、交流、交感、化合的生物现象为认识论基础。因而，中国古代的宇宙生成论，乃是一存有连续论。存有连续的生命流转，遵循着某种韵律与节奏，这就是《易》说的"一阴一阳之谓道"。宇宙即是有此一阴一阳的生命节奏，于是便呈现着一虚一实、一明一暗、一远一近、一往一复、一动一静、一俯一仰种种生动姿态。存有连续的气化与阴阳和谐的韵律，便是中国山水诗美学思想的根源。

有一则禅宗公案云：

> 首座云："到什么处来？"沙云："始随芳草去，又逐落花来。"
>
> （《碧岩录》卷第四第三十六则）

本来首座问的是"空间"，长沙禅师的回答却是"时间"。禅宗的思想，也是流动的、变化的、不现成的；时空、行为，本是一体无碍的生命韵律。

气韵生动

气的哲学结晶于美学思想的层面，便是"气韵"一语。

"气韵"最早由晋人谢赫在《古画品录》中标明为"六法"之一："气韵，生动是也。"以"生动"来释气韵，即表明气韵之美，乃生命运动之美，生气流行之美。"气"字与"韵"字组成一词，即表明生命之间和谐的关系，由艺术来表现。一方面，原始陶纹中勾连缠绕的生命冲动与欲求，由"韵"给予和谐化、清朗化；另一方面，将人的心灵的韵律，与"生动"接合，便将诗人画家的精神，带进自然生命之中，迫使诗人画家必须将自己的精神，与无限的自然生命、精神相融合，相鼓荡；于是，"造物在我，生理为尚"、"以万物为师，以生机为运"（邹一桂《小山画谱》卷上），"灵明洒脱，不挂一丝"（周亮工《读书录》卷一引李日华《与董献可札子》），与天地灵气相往来，创造流动飘逸的美感境界。

阴阳哲学落到美学的层面，便是虚实、远近、动静等审美的范畴。王船山《诗绎》说："右丞妙手能使在远者近、抟虚成实，则心自旁灵，形当自位。""抟虚成实"，正是融大化生机于一山一水；"心自旁灵，形当自位"，即是说人的视知觉由固定状态单一角度中解放出来，不再是某个人所专有的占有物（心灵占有物），于是自然山水便自在自发地呈现其本身的美。王维的"江流天地外，山色有无中"，虽然是诗人的审美创造、审美发现，但却不是由诗人眼中固定角度看到的山水，而是诗人化身于自然韵律之中与之徘徊而发现的山水美，所以是自然而然、游荡着无限生机气韵的山水。

可以说，王维是重新发明了中国哲学中"气"的想象，是中国文化的宇宙图式的一个显现。

中国山水诗飘逸流动的永恒魅力，说到底，乃是一种宇宙生命情调的显现，是光景常新的天地生命的自我敞亮，是山川草木、日月风云通过诗人的笔而获得美的律动。

飞动之美

天鸡弄和风

中国写山水写得最为飞动的一个伟大诗人是李白。在谈论李白之前，不能不提到谢康乐（灵运）。谢氏不仅开始了正式的山水诗创作，而且他的山水诗包含了飞动之美的若干基因——这一点，历来被人们忽略了。可以说没有谢灵运的山水诗，便没有李白诗的飞动之美。

前人说谢灵运的山水诗特点是"繁富"、微细、清丽等，谈到他的"飞动"的，似乎只有王夫之："谢灵运一意回旋往复，以尽思理。"（《姜斋诗话》卷上）认真读过谢诗，不难发现王夫之的评价拈出了谢诗一大特色。当时，自然山水中的花木川流，开始受到诗人前所未有的精细观察、精微品味、细致流连，谢灵运对山水的佳赏，已经不是如鱼之泳水，鸟之翔空，而是充分的沉潜的玩赏，对每一线幽谷的隐光，每一片山坡的阴影，每一阵草尖上的微风，每一声清晨林子里的猿啼，都深情关注。但是，我们不要忘记，谢灵运以及同时代人的山水，多是旅途中的山水，是游览中的山水，行旅的动态流转，不期然而然地带给山水以动态流转。我们也不要忘记，魏晋人对宇宙人生俯仰观照的情怀，依然存留在谢康乐及同时代人的情感记忆里。因而，我们可以读到谢客儿这样的诗句：

> 俯濯石下潭，仰看条上猿。
>
> （《石门新营所住四面高山回溪石濑茂林修竹》）

> 俛视乔木杪，仰聆大壑灇。
>
> （《于南山往北山经湖中瞻眺》）

可以看出，魏晋人的高蹈情怀，依然保留着，只是转入了某一特定的山水景象，增添了某种写实的风景。浑灏的自然山川，变为飞动的猿，跳腾的壑灇，起伏的林杪。这说明，俯观仰察的宇宙观照法已内化为山水诗的抒情趣味。

最能说明问题的，是谢诗中不用"俯仰"字样，同样写出一份俯仰自得的情怀。如：

> 海鸥戏春岸，天鸡弄和风。
>
> （《于南山往北山经湖中瞻眺》）

> 野旷沙岸净，天高秋月明。
>
> （《初去郡》）

春晚绿野秀，岩高白云屯。

（《入彭蠡湖口》）

诗人不是胶着于一个固定的角度，也没有着眼于某一个孤立的对象，而是游目骋怀，仰观俯察。他抬头听天鸡、看秋月，低头赏海鸥、抚沙岸，宇宙万物无不活泼泼呈现。再进一步，前后左右，东西南北，无一不是游目骋怀的对象，如：

极目睐左阔，回顾眺右狭。

（《登上戍石鼓山》）

卜室倚北阜，启扉面南江。

（《田南树园激流植楥》）

西顾太行山，北眺邯郸道。

（《拟魏太子邺中集诗八首·平原侯植》）

从语言形式说，东西南北的四望模式，渊源于汉代大赋；然而从心理形式说，从高处把握全景，从大处透视整体，依然是中国先哲的宇宙观照法。在这种观照中，诗人流动着飘瞥上下四方，一目千里，观照的同时，便是体会大自然生命节奏的过程。从根源上说，依然与中国哲学以"气"为中心的宇宙生成论，潜潜相通。

流动着飘瞥上下四方，再进一层，于是自然要变静态的、孤立的

135

山水，为动态的、流走的山水。谢诗中表现山水的动态，有一重要特点，即诗人不为一景一物所拘，他跋山涉水，不辞辛劳地直接追随山水的走势。严格地说，这并不是简单的技巧、写法，而是一种情感态度。诗人要从山川动态万物兴歇之中感悟生命衍化的贯通韵律，因而必然要有一种情态上的呼应。如写泉水的回旋跳跃，花叶的轻飏舒卷，有"憩石挹飞泉，攀林搴落英"（《初去郡》）；如写山谷之深邃，藤蔓之绵远，有"攀崖照石镜，牵叶入松门"（《入彭蠡湖口》）；如写大海的博大动态，则有"扬帆采石华，挂席拾海月"（《游赤石进帆海》）；等等。

　　林庚先生说谢诗有一种内在的和谐之美，他欣赏"春晚绿野秀"一句，说："绿的本色所以便正在于笼罩万有而又新鲜得不着痕迹……我们乃只看见一片绿的原野、山岗、树木，随着不同的地形，随着不同的场合，它都把绿色点染了一切。""暮色收拾了零乱的人间而成为一个完整的世界。""原野的浑然所以才与一个'秀'字并存，我们这里乃解得一种丰富的心情，一种轻松的美意。"①

　　谢诗所开示的这种情感态度，人与山水动态的呼应，对诗仙李白影响甚大。

天仙语

　　有一次，李白的一个朋友送了他一件衣服，衣服上面绣着五朵云彩，飞动多姿。于是诗仙产生了种种美丽的联想，便写下《酬殷明佐

---

① 林庚《唐诗综论·春晚绿野秀》，人民文学出版社 1987 年版，第 333 页。

见赠五云裘歌》，其中有几句说：

> 顿惊谢康乐，诗兴生我衣。
>
> 襟前林壑敛暝色，袖上云霞收夕霏。

诗人说："我一下子惊奇了，我感觉到了谢客儿的诗情涌动于这绣衣的图案中！你瞧：那不是一座蓊郁的深谷里，夕阳正渐渐敛去余晖吗？那不是一片流转的云霞，正悄悄沉浸于傍晚的安谧吗？"或许，在李白心目中，谢灵运游山游得太痴太久，于是那山林里的彩云霞光，早已亲热地、恒久地化为衣服的图案了。又如《春日游罗敷潭》云：

> 行歌入谷口，路尽无人跻。
>
> 攀崖度绝壑，弄水寻回溪。
>
> 云从石上起，客到花间迷。
>
> 淹留未尽兴，日落群峰西。

诗人在春天里一路唱着歌进入谷口，到了人为的路的尽头，便是自然山水自在自存的世界。所以这个"尽"字值得玩味。诗人兴致是那样高，精力是那样旺健，他要攀崖弄水，与山川的姿影相嬉游。一个"度"字，轻快极了，如鸟儿在山水怀抱之中滑翔，自在不费力。一个"寻"字，也写出了诗人顺随河水的走势，兴味无穷的一份自得之乐。攀越到很高的山岩，看云一下子从石头上惊飞而起，有一种飞扬的意趣；而涉入很深的花谷，看一片花光缠绕迷失不得出路，又有一

《湖山春晓图》 ［南唐］巨然

份缥缈之美。这样的游山，能予人的生命自由感以最大的快足。再看《东鲁门泛舟二首》之一：

> 日落沙明天倒开，波摇石动水萦回。
>
> 轻舟泛月寻溪转，疑是山阴雪后来。

第一句便呈示李白山水诗极突出的一个特点，这种体验极富动态感，似乎把谢诗中一句写天、一句写地的两幅图，合而为一幅，例如"人乘海上月，帆落湖中天"（《寻阳送弟昌峒鄱阳司马作》），"开帆入天镜，直向彭湖东"（《下寻阳城泛彭蠡寄黄判官》），皆把天写入湖，以水涵映天。第二句则是山石水波姿态最自然的呈露。诗人轻舟泛月，意在随顺自然水姿的萦回，追逐采撷月光的动荡之美。最末一句用晋人王徽之（字子猷）雪夜访戴逵而不入门的典故，即"乘兴而来，兴尽而返"（《世说新语·任诞》），合盘托出诗人在山水中得到的自由体验。明人胡应麟（字元瑞）曾比较李、杜的两句诗：

> 山随平野尽，江入大荒流。
>
> （李白《渡荆门送别》）

> 星垂平野阔，月涌大江流。
>
> （杜甫《旅夜书怀》）

不仅写的是相同的风景，而且句式、语词也大致相同，表现的心灵感受，也同属一种飞动气势之美。但是，李诗飞动中有流转、有无限的奔放与自由感，而杜诗则飞动中有沉雄、有浑灏、有无限的苍凉博大感。这是什么原因呢？

胡元瑞认为："李是行舟暂视，杜是停舟细视。"（《诗薮·内篇》卷四）这位诗评家的确心细如发，拈出了貌似相同的诗句中不同的意味。"暂视"，便是"流动着飘瞥"，诗人的视线呈动态感；"细视"，便是沉潜地观察，诗人的视角呈固定状。行舟与停舟，不仅是客观的行为境况不同，更重要的是跟诗人性格情趣中特有的观物方式有关。诗仙绝不耐烦"停舟细视"式的观照，他要追逐，要飞舟泛流，要高扬他旺盛的生命激情。因而山水奔驰流走的形式，正是他生命的张力样式。如李白最有名的一首山水诗《早发白帝城》：

> 朝辞白帝彩云间，千里江陵一日还。
> 两岸猿声啼不住，轻舟已过万重山。

这或许是中国文学中写山水写得最具流动感的一篇作品。在重新获得生命自由的感受中，自然山水（云、岸、猿、山）已经转换成一个流动不居的空间。清代文论家刘熙载在《艺概·诗概》里，曾用一个"飞"字来概括太白诗，非常恰当。比如说，月亮本是静止的，诗仙看来却可以"月下飞天镜"（《渡荆门送别》）；火云虽本是流动的，但在诗人笔下可以飞舞，如"檐飞宛溪水"（《过崔八丈水亭》），"微雨飞南轩"（《之广陵宿常二南郭幽居》），"飞空结楼台"（《陪族叔当涂宰游化城寺升公清风亭》）；等等。瀑布本来就已经飞腾了，在诗人看来，却疑心不仅仅是水飞，而更"疑是银河落九天"（《望庐山瀑布》）。因而，深究起来，李白笔下飞动的山水，实在是精神的形态，诗人将现实之旅变而为精神之旅，将物质的空间化为心理的样式。

从而，如果说，谢诗中人的情态对山川形态的呼应，较多的还是真实的、经验的（如"攀"、"搴"、"涉"等词所示），而李诗中人与自然情态上的呼应，多半是非经验的、想象的、意念的，这是李白"飞"的更具特征的一面。如"梦绕边城月，心飞故国楼"（《太原早秋》），如"我欲因之梦吴越，一夜飞度镜湖月。湖月照我影，送我至剡溪"（《梦游天姥吟留别》）。即使不用"飞"字，也离不开"飞"的思维方式，如"天边看渌水，海上见青山"（《广陵赠别》），"人游月边去，舟在空中行"（《送王屋山人魏万还王屋》）。"腾身转觉三天近，举足回看万岭低"（《别山僧》），当然，这或许并不是真实的"腾身"，经验的"举足"，或许不过是诗人的意念活动。自然不再是人的经验之眼看到的自然，而是"气化"的自然，"道眼"中的自然。前人评李白写山水自然而"无咏物句，自是天仙语"（王琦注《李太白全集》卷七《白云歌送刘十六归山》引方弘静语），正是此意。

最后就试举李白这首《白云歌送刘十六归山》以说明其文化意蕴：

> 楚山秦山皆白云，白云处处长随君。
> 长随君。君入楚山里，云亦随君渡湘水。
> 湘水上，女萝衣。白云堪卧君早归。

此一曲短歌，借云的流动，写出了山水的飞动飘逸，写出山水云的飞动，同时也写出了山水云与人的深情；山水云与人的深情，实在是太白诗飞动之美的源头。陶渊明摆脱污浊官场，曾高咏"云无心以出岫"（《归去来兮辞》）的精神；鲍照不满黑暗现实，曾钟情于"采苹及华月，追节逐芳云"（《三日游南苑诗》）的生活；司马相如奏《大人赋》，也使得天子汉武帝"飘飘有凌云之志，似游天地之间意"（《史记·司马相如列传》）。中国诗人所谓"达人贵自我，高情属天云"（谢灵运《述祖德诗》），所谓"清溪深不测，隐处惟孤云"（常建《宿王昌龄隐居》）之类的深情咏唱，代代不衰。乘云而游、御风而行，云的气韵与飞动之美，不仅是一种诗学，也是一种哲学，一种文化性格。在文化性格的意义上，老子的"飂兮若无止"（《道德经·二十》），《中庸》特别拈出的《诗经·大雅·旱麓》中的"鱼跃鸢飞"，与大《易》的往还取与，可以融融互摄，一同凝就中国诗学流动飘逸的境界。

第七章

荒天古木

—— 荒寒幽寂之境

《云山图》　　［宋］米友仁

空山不见人，但闻人语响。

返景入深林，复照青苔上。

——唐·王维《鹿柴》

倘若将传世的宋元山水卷轴放在一起，作一番设身处地、亲临实境的"游历"，就会发现，这一山水世界的本质是荒寒，是幽寂。无论是范宽的《溪山行旅图》、李唐的《万壑松风图》、夏圭的《溪山清远图》，还是黄公望的《富春山居图》，等等，无论是远景中的平沙无垠，河水萦带，霜天寥落，山高月小，还是近景之中的苍藤古木，铁干镠枝，霜皮突兀，千瘿万瘰，总之是荒寒的格调。唐人司空图《诗品二十四则》有《疏野》一品，专品荒寒天放中的诗趣；清人黄钺仿成《二十四画品》，明标《荒寒》一品，语云：

> 粗服乱头，有名士气。
> 野水纵横，乱山荒蔚。
> 蒹葭苍苍，白露晞未。
> 洗其铅华，卓尔名贵。
> 佳茗留甘，谏果回味。

正是道出了诗画同具的此一种"名贵"之品。近人潘天寿云："荒山乱石间，几枝乱草，数朵闲花，即是吾辈无上粉本。"[1] 其实也是诗人心目中的无上粉本。

荒寒幽寂之境，归根究底，实为中国文人名士生活艺术中的一种品位，实乃中国文化中所伸展而出的一种生命之诗情。

---

[1] 潘天寿《听天阁画谈随笔》，上海人民美术出版社 1980 年版，第 11 页。

寒江独钓

《山鬼》的意味

最早发现荒寒之境魅力的，仍可以追溯到《楚辞》。而《楚辞》中的神秘、蛮荒、谲怪、幽渺的艺术情调，又源自楚文化的精神。楚人的文化地理环境特征，既介于夷夏之间，又与荆蛮共存，所谓"抚有蛮夷，奄征南海，以属诸夏"（《左传·襄公十三年》）。楚文化的基本特质之一，即对南蛮地域文化的包容与接纳。

屈原在《离骚》中上天国，入幽都，驾龙驭凤，游春宫，追美女，逐日月，极尽怪诞巫祝之事，积淀了南蛮巫卜鬼神的深刻文化内涵。但真正将南方楚地山川风物地域特质开发为诗歌境界的，则要推屈骚的《九歌·山鬼》与《九章·涉江》两篇。《涉江》中的风景，带有南国水泽的荒渺远寂意味。那些"鄂渚"、"溆浦"，弥漫着秋冬之际的萧瑟。涉过江湖，诗人就走进荒寒的山谷了。《山鬼》中呈现的是那样一座幽暗的竹林，没有阳光，没有人迹，只有怪石、野葛、叶落、猿啼，只有飒飒风雨，隆隆雷鸣，这典型的一种野谷情调，森冷至极。然而值得深味的是，诗人笔下的那个山鬼（神女），生活其间却绝无半点畏葸与恐惧之感，相反，她"既含睇兮又宜笑"、"饮石泉兮荫松柏"，何等地自在！

正是由于这境界的奇异、神秘，更增添了人的奇异、神秘；或许，这境界中所含蕴的一种奇异与神秘，原先即是人的生命欲求中所向往、所希企的一种素质。因而，可以说，屈原对大自然中荒寒幽寂之境的开发，实在是对人的生命欲求的新开发，对人的高洁脱俗、遗世独立、兀傲坚贞的生命情调的新开发。我们读懂了《山鬼》中这样一种美质，便更深切地懂得了《涉江》中的这一句："苟余心之端直兮，虽僻远其何伤？"

屈原的例子表明，能欣赏荒寒幽寂的人，必须具有一种特殊素质：这个诗人必定有顽强的生命活力，必定有一种兀傲不驯的人格力量。唯其如此，当他身处于怪石、老树、野溪、幽谷之中时，那些自然生命中兀傲不驯的形式，便自然而然成为他人格生命的表现形态；那些自然形态中充满刺激，充满紧张意味的因素，亦自然而然转换成他生命中自强不息的张力因素。清人论画，有谓"荒寒幽杳之中，大有生趣在"（戴熙《赐砚斋题画偶录》），有谓"天寒木落，石齿出轮……聊志我辈浩荡坚洁"（恽寿平《南田画跋》），正是此意。

黑旗白幡

清人姚文燮说："唐才人皆诗，而白与贺独骚。白，近乎骚者也；贺则幽深诡谲，较骚为尤甚。"（《昌谷诗注自序》）李贺算是最能传承屈子的"山鬼"情调的诗人。如他的《苏小小墓》一诗：

> 幽兰露，如啼眼。
>
> 无物结同心，烟花不堪剪。
>
> 草如茵，松如盖。
>
> 风为裳，水为佩。
>
> 油壁车，夕相待。

> 冷翠烛，劳光彩。
>
> 西陵下，风吹雨。

诗中所营造的意境，与《山鬼》中"风飒飒兮木萧萧"的景象一样，同具一种荒寒、索寞、孤寂与凄冷。而那个兰露啼眼、风裳水佩的"鬼女"，与《山鬼》中"被薜荔兮带女萝"、"既含睇兮又宜笑"的女主人公一样，同具一种幽冥索寞中的美丽与坚贞。

李贺喜欢黑夜的美丽，美得惊心动魄，如其诗《感讽五首》之三：

> 月午树立影，一山惟白晓。
>
> 漆炬迎新人，幽圹萤扰扰。

中国诗歌史上，很少有像这首诗的境界，把月夜写得如此鬼气森然。值得注意的是：那一片惨白的世界中，一帧树影，一座坟茔，一盏萤火，都是黑色暗色的，这与其说是经验世界中的月境，不如说是心灵体验中的幻景。黑色与白色的交响，仿佛从大千世界芸芸众生中，提纯出一种生命的抽象节奏。大白若黑，大黑若白，其中有最强烈最痛苦的生命否定之否定的运动形式。

又如其《长平箭头歌》中的"黑云"：

> 我寻平原乘两马，驿东石田蒿坞下。
>
> 风长日短星萧萧，黑旗云湿悬空夜。……

《独钓图》 〔明〕姜希孟

"黑旗"意谓黑云悬挂于空中，有如幡旗。在星光微茫的背景中，黑幡一样的云，不仅写出了古战场的凄寒，而且写出了一种"天荒地老"的况味。另一首名《溪晚凉》的诗，也写到同一种云：

> 白狐向月号山风，秋寒扫云留碧空。
> 玉烟青湿白如幢，银湾晓转流天东。
> 溪汀眠鹭梦征鸿，轻涟不语细游溶。
> 层岫回岑复叠龙，苦篁对客吟歌筒。

这首诗中的景象，也以黑白色对比为基调。白色是主要的，明显的；黑色是隐性的，无所不在的，或竟可以说是以白写黑。无论是惨月冷光中游走厉号的白狐，或直挂长空犹如招魂幡的白烟，无论是静悄悄流淌于荒漠天宇中的银河，或凝然止息犹若梦思之中的汀鹭，总的背景都是黑夜。黑夜使得黑色消退了，也内在化了，无所不在了。于是乎，无所不在的黑夜荒寒得仿佛世界本身也变成了一个梦。梦中唯一的声音，便是风吹竹动，如笙箫之吟。此一起伏绵延的歌筒之声，便是唯一足以表明诗人生命存在的声音。青白色，乃是死寂的象征，有此一种如歌的乐音，便从无边的死沉的青白世界里，升起了一种痴顽、倔强的声音。杜牧认为"盖骚之苗裔，理虽不及，辞或过之"；并且委婉地说，如果李贺诗"少加以理，奴仆命骚可也"。(《李长吉歌诗叙》)但李贺写荒寒，没有哀哭与畏瑟，就这些方面而言，李贺诗仍与屈赋精神相通。

凛然的生命力

宋人严羽有一句很独断的评论："唐人惟柳子厚深得骚学。"（《沧浪诗话·诗评》）但如果说柳宗元最好的诗文，都是由荒寒之境造就出来，富于骚情楚意，恐不算太离谱。《旧唐书·柳宗元传》说他遭到贬逐之后，"涉履蛮瘴，崎岖堙厄"，满腔郁闷哀伤之情，发而为骚体诗文数十篇，览之者为之凄恻。明代评论家王世贞也认为柳宗元晚年处荒寒幽僻之地，因而诗风得到深造。（《书柳文后》，《读书后》卷三）柳宗元自称永州生活乃"投迹山水地，放情咏《离骚》"（《游南亭夜还叙志七十韵》），表明对楚骚精神的自觉追求。

但是，我们一旦深入诗人的心灵史，便会发现，这个过程的开端并不诗意化，而是充满生命的痛苦。永州蛮荒僻远的风物，曾使诗人压抑苦闷。他白天漫步在荒野山谷而无目的，只为了排遣苦闷；却非但不可解闷，反而产生恐惧。因为要当心深草中的蝮蛇，树林子中的大毒蜂，所以"仰空视地，寸步劳倦"（《与李翰林建书》）；靠近水边，又害怕一种沙虫，专门射人形影，让人不知不觉害一些疮痛。偶然寻到一处幽树好石，想快乐也快乐不起来。因为老是想到自己是一个囚徒，犹如在牢房之中；即使遇到好天气，或能一振恹懒之态，但终究还是在"牢房"里，心情又哪能久为之舒畅？这种无时不在的身处"牢房"之感的心态，使诗人不能体验荒寒之境本有的价值，那些霜皮老树、突兀怪石，便无不成为诗人牢骚之气的对应物。

柳宗元真正懂得永州山水之美，是自将自己从"牢房"心态中解脱出来开始的。一旦诗人真正深入到荒山僻野的深处，真正在其间"傥荡其心，倡佯其形"（《对贺者》），便真正解脱了世俗得失的计较。于是诗人不仅仅把山水作为自己被贬谪的苦闷的象征，他开始体味出荒寒之中被废置了的美丽，以及荒寒之境中特立不倚的兀傲之气，被废置的美丽中所显现的生命自强自足之美。

最典型的表现是那被后人誉为"以文为诗"的《永州八记》。八记俨然是八首山水小诗。如首篇《始得西山宴游记》："上高山，入深林，穷回溪，幽泉怪石，无远不到"，"过湘江，缘染溪，斫榛莽，焚茅筏，穷山之高而止"。诗人为何用这一系列顿挫有力、节奏紧促的短句，写游山玩水的快乐？正是表现出诗人自觉以艰苦的寻访，体味艰难之中显现的生命意志。在另一处小潭丘石旁，诗人"枕席而卧，则清冷之状与目谋，潆潆之声与耳谋，悠然而虚者与神谋，渊然而静者与心谋"（《钴鉧潭西小丘记》）。这正表现出诗人自觉与荒寒为友，体味荒寒幽寂之中未遭世俗污染的原始浑朴之美。此种山水境界，便不同于王维的"人闲桂花落"，不同于陶渊明之"悠然见南山"，不同于山水诗中人与自然悠然契合、相看不厌的审美形态，而是属于屈骚、属于楚声，属于兀傲坚贞的人品与冷隽峭幽的自然山水的照面。后人用诸如"天然幽旷"、"笔墨孤夐"、"简峭"、"孤迥"等评语说《永州八记》的佳处，便是拈出了一种荒寒精神的品格；而明人茅坤一句"再览《钴鉧潭》诸记，杳然神游沅湘之上"（《唐大家柳柳州文钞序》，《唐宋八大家文钞》），尤为探本之论。

倘若以一帧小诗，象征屈子所开示的沅湘山水荒寒境界，则可举出柳宗元《江雪》为代表：

　　千山鸟飞绝，万径人踪灭。

孤舟蓑笠翁，独钓寒江雪。

此诗的写作时间，亦为诗人谪居永州之时。所表现的心态，亦与《永州八记》相通。"千山"、"万径"，何其寥廓！"千山"、"万径"之下，加一"绝"字、"灭"字，何其冷寂、无边的荒寒！而浩瀚无边的白雪天地之中，那一位独自默默垂钓的老渔翁，不畏严寒，不怕孤寂，死一般的寂静中，显示的不是人的生命的渺小与哀苦，相反，天荒、地老、江宽、雪大，挺立其中的乃是凛然的生命强力与兀然不屈的心灵境界。

宋人王十朋有诗句云："寒江独钓句思柳。"（《郡斋对雪》）柳宗元这首小诗，后来形成一个意象，一个传写不衰的山水诗（包括题画诗）传统。有的推重渔翁的道德人格，如元人李孝光的《寒江独钓》：

光光明月照青天，青天落落江不遑。
老翁未是寻常人，一丝能令九鼎重。

有的强调渔翁的独立精神，如陈白沙同题诗：

朔风吹雪满江天，我只弄我桐江钓。

有的强调其中所蕴含的"万古心"。如明人陈煃《题寒江独钓图》：

　　　　潮落江声静，林寒雪色深。

　　　　一竿垂钓者，曾识子陵心。

严子陵之心灵，恰是山水诗背后的文化心灵。即明人所云"一钩掣动沧浪月，钓出千秋万古心"（朱权《神隐》）。

　　明人胡应麟说："'独钓寒江雪'，五字极闹。"一个"闹"字，即点出其中健旺刚猛的生命活力。而"寒江独钓"成为后代画家传写不衰的题目，① 犹如恽南田所论："偶论画雪，须得寒凝凌竞之意。长林深峭，涧道人烟，摄入浑茫，游于泬穆……"（《南田画跋》）写雪的诗画相通，正在于人的精神相通。

空山荒寺

相叫必于荒天古木

　　生命意志挺立于荒寒世界，这是中国山水诗画艺术中荒寒幽寂境界的主要精神。但是，仅仅说出了这一点，依然未能表达出荒寒之境的全部意蕴。

　　恽南田论画又有一句很有名的话："群必求同，同群必相叫，相叫必于荒天古木，此画中所谓意也。"（《南田画跋》）为什么"同群必相叫"？"叫"何以又非得于"荒天古木"之际？这两句话实包含着中

---

① 仅以清人陈邦彦《历代题画诗类》所收诗为例，元人袁士元、唐肃、马祖常、袁桷、萨都刺等，有《寒江独钓图》或《钓雪图》，明人徐渭、陈洼、刘基、吕蒙、周复俊等，亦有《寒江钓雪图》一类作品，可见诗画合一传统。

国文人深层的生命体验。

原来"求同相叫"的"叫"字，实即知赏、知音相逢的欢悦。人生一世，最可贵者，心灵之知赏也。无论隔世或同时，只要两颗知赏的心灵会遇，便是自己生命的照面，便有内心深处无限欢悦的呼叫。明人袁宏道，有一天傍晚，与友人陶望龄坐陶太史楼，随意架上抽书，抽出一册纸张很粗劣的诗稿，"恶楮毛书，烟煤败黑，微有字形"，随意凑灯前认读，未读得几首，袁宏道大为震惊，亟呼友人："此何人作者，今人邪？古人邪？"陶望龄告诉他，是同乡徐渭徐文长先生的著作。"二人跃起，灯影下，读复叫，叫复读。"（见袁宏道《徐文长传》）此一则故事，正是恽南田"求同相叫"一语的最好注释。

然而，在中国文人的传统中，知音难逢，旷世不遇的痛苦，代代不乏其书，犹如一个根深蒂固的集体无意识情结。才高八斗的曹子建，"不惜歌者苦，但伤知音稀"（《古诗十九首·西北有高楼》）。躬耕南亩的陶渊明，常置"无弦琴"一张，便是表知音千载不遇，因而永远排拒世俗的知赏："知音苟不存，已矣何所悲？"（《咏贫士》之一）李白说"大音自成曲，但奏无弦琴"（《赠临洺县令皓弟》），便是认同并也承传了陶渊明的痛苦；接下来杜甫终于唱出了"百年歌自苦，未见有知音"（《南征》）这样彻底孤独的声音。

值得注意的是，中国诗人知音难逢的共同命运之中，不仅仅透露出社会对天才艺术家的冷落与摈弃，更重要的是，同时又显示诗人们对世俗世界的冷落与摈弃，不仅是对俗世声色犬马的唾弃，更是对非人性的"文明社会"的全盘摈弃。中国文化中的隐逸传统，正是由热闹的社会，转向荒寒的大自然。由此便可以理解恽南田何以"相叫必于荒天古木"。

也许魏晋时高人孙登的故事，是一典型。据《晋阳秋》载：嵇康见孙登，对之长啸，只说了两个字："惜哉！"而阮籍见孙登，一字也没有，阮长啸而退，到半山坡，只听见山顶有声若鸾凤之音，响彻岩谷，那是孙登的长啸。①

有了这一份对俗世的傲慢与不屑，因而中国诗人的精神性格大多如九皋独鹤，深林孤芳，冲寂自妍，不求赏识。因而，他们发现了荒寒之境中与他们共有的一种精神性格，荒天古木乃是独鹤孤芳所真实拥有的世界。因而"荒天古木"之中"相叫"的欢悦，乃是最孤独的心境中最充分的"群"与"同"，是最真实的知音知赏、自爱自足。

李白《夜泊黄山闻殷十四吴吟》云：

> 昨夜谁为吴会吟？风生万壑振空林。
> 龙惊不敢水中卧，猿啸时闻岩下音。
> 我宿黄山碧溪月，听之却罢松间琴。
> 朝来果是沧州逸，酤酒醍盘饭霜栗。
> 半酣更发江海声，客愁顿向杯中失。

殷十四的"吴会吟"，其实与孙登的"啸"，属于同一种文化传统"技艺"，有"技"的层面，也有"道"的层面，已经从单纯的"龙吟猿

---

① 阮籍的故事见《晋书》卷四九；嵇康的故事见裴松之注《三国志·魏书》卷二一，孙登见嵇康说了多少话，有不同的记载。关于"啸"，现代人已认识到它是集医、巫、玄、道为一体的重要学问。

啸"之美，发展而为集气功修炼与体道歌唱艺术的一种特美。

原来恽南田所谓"画中之意"，正是这样一种体道的豪情。

无迹

由此可以理解写荒寒冷寂的山水诗中，为何常常不约而同地出现诸如"无人"、"无响"一类字眼。正是恽南田所谓"忽如寄身荒崖邃谷，寂寞无人之境"（《南田画跋》）者。历代诗、画，佳写极多，我们不妨称此为"无迹"传统。

王维的"辋川"世界，便常有这样的诗境。如《竹里馆》一诗：

> 独坐幽篁里，弹琴复长啸。
>
> 深林人不知，明月来相照。

"篁"、"啸"，使人想起《山鬼》。只要明月相亲，便不再对什么别的东西相亲了，"明月"代表的是一种寂静无为的精神。裴迪的和诗说得很明确："来过竹里馆，日与道相亲。出入惟山鸟，幽深无世人。"（《辋川集二十首·竹里馆》）再如王维"辋川"世界中最有名的《鹿柴》一诗：

> 空山不见人，但闻人语响。
>
> 返景入深林，复照青苔上。

只有在最寂寞无人的空山幽谷，方能听出最亲切的人语声。"不见

《深林叠嶂轴》　　［元］王蒙

人"，而又闻"人语响"，正是以悖论的语言，表达孤独、自爱的寻访。许多诗人都懂得这种悖论的生命体验：最大的孤寂无人之境，便是最不孤独、充溢着生命活意的世界。

其他诗作如于鹄《题合溪乾洞》：

> 渡水傍山寻绝壁，白云飞处洞天开。
>
> 仙人来往行无迹，石径春风长绿苔。

又如商山馆书生的《述怀示祖价三首》之一：

> 家住驿北路，百里无四邻。
>
> 往来不相问，寂寂山家春。

这一类诗中反复出现的"无"字、"不"字，潜在语态实在植根于不求知赏、唾弃世俗的精神传统。而这类诗中常出现的一个"春"字，则是透示了荒寒远寂之中的生命韵律。

由此我们可以从山水画中读出山水诗的意蕴。清人戴熙论画云："崎岸无人，长江不语，荒林古刹，独鸟盘空，薄暮峭帆，使人意豁。"（《赐砚斋题画偶录》）"意豁"，正是一种宇宙精神的大自在感。

宋代理学家王立斋一帧名为《题画扇》的小诗云：

> 野桥人迹少，林静谷风闲。
>
> 谁识孤峰顶，悠然宇宙宽。

山水诗中又何尝不可读出山水画的灵魂？"谁识"一语，亦如戴熙所谓"青山不语，空亭无人，西风满林，时作吟啸，幽绝处正恐索解人不得"（《赐砚斋题画偶录》）。"索解人不得"，实表明已无须乎"索解人"了。

荒寺夜月

中国诗画艺术中的荒寒之境，有一些极常见的构成意象，如老树丑枝、野风古原、寒塘蝉影、幽林巉岩、苍山负雪、月白如昼，风悲日曛，等等。在所有传写不衰的意象中，有一类意象最具一份凄寒萧瑟的况味，最常见于山水诗画艺术之中，因而也最能代表荒寒之境中的一种残败美，这就是深山古寺与残碑败冢的意象。

为什么中国诗人特别喜欢歌咏古寺古冢之中的残败美？这是因为颓寺古冢乃是生命流逝、历史一去不返、人生空幻的见证，是人的生命由日常人生的浮泛与虚假之中沉下来，面对真实的存在本体时的苍然之悲感。由此看来，荒寒之境的文化性格，除了上述生命意志之挺立、自足世界之完成，还有一层内涵，即历史人生的感悟。而这种感悟在中国山水诗的荒寺、断碑、古冢等残败意象中酝酿出一种生命诗情。

北宋书院中，以诗题来考画成为风气。作为文人画的一大特质，对诗题的理解与阐发，应当是文人修养与境界的一种表现。而用以考画的诗题，应具有一种普遍性的审美趣味。因而著名的题目如"野水无人渡"、"深山藏古寺"等，证明了古寺中所含有的一种荒寒远寂情调，已成为士人们普遍的感受了。古寺中的美，乃是荒寂之中的无限肃穆，如清人唐岱所说："或作萧寺凌云汉，古道无行人景象，使观者肃肃然。"（《绘事发微》）如果说"蝉声集古寺，鸟影度寒塘"（杜甫《和裴迪登新津寺寄王侍郎》）还显得凄清、幽远，那么，"蝉声入古寺，马影度荒陂"（陆游《游山》）便显出一种重拙、瘦硬的味道了。唐以后，诗人多用"荒"、"废"、"坏"、"颓"等字眼，加强古寺之美中的肃然、重拙的意味，如翁卷的"岚蒸空寺坏"（《石门庵》）；如陆游的"潮生无断港，寺废有颓垣"（《舟中作》），"古寺不来久，入门空叹嗟。僧亡犹见塔，树老已无花"（《游山》），等等。"寺"加上一"坏"字，便加入了历史时间的意识，于是荒寂之中，洗剥了浪漫的感伤，更使人沉思潜想了。宋人对荒寺颓垣的浏览，犹如在一座天然博物馆中徘徊，思绪是冷静的，心态是文人式的从容与沉思。

空山荒寺之中，再把脚步放慢，便可以看见残碑，因而有"寺废僧寻断去碑"（戴表元《金陵赠友》）。残碑原有字，但随时间的流逝，字迹渐斑驳湮灭，所以有"碑平字半非"（徐道晖《光武庙》），"古碑无字草芊芊"（李群玉《黄陵庙》）。无字碑原先记录什么内容，什么人在此发思古之幽情，毕竟令人猜想。因而，残碑也提供了延伸向历史一维的审美感悟。

倘若走过残碑，再往大殿里头走，倘若在古寺里留一宿，便可获得"鼠摇岑寂声随起，鸦矫荒寒影对翻"（王安石《登宝公塔》）这样细致的实感。尘封的窗棂，破败的僧衣，鼠走、灯摇、蝙蝠飞，共同组成荒寒之境的细节、局部。唐人张籍有一首写古祠的五律诗，虽被清人纪昀评为"天下废祠皆可移用"（方回《瀛奎律髓汇评》卷二八），但也恰恰代表了中国诗人心目中古寺之美的典型。诗题为《山中古祠》：

> 春草空祠墓，荒林唯鸟飞。
>
> 记年碑石在，经乱祭人稀。
>
> 野鼠缘朱帐，阴尘盖画衣。
>
> 近门潭水黑，时见宿龙归。

很简练地综合了上面描写的各种荒寒要素，刻画出一个残败却并不感伤，仿佛永恒凝固了的一种远寂意境。

中国诗人看荒寺夜月，抚风雨残碑，听悠悠钟声，可以唤醒梦中之梦，可以窥见身外之身，可以冲淡、消释个人性的身世之感，因而荒寺古月意象，可以成为历代诗人普遍性的审美对象。

死之怆然

生之欢乐是一种美，死之悲怆亦是一种美。由坏寺残碑再进一层，便是古墓野冢的风景，这一风景也有一大文学传统。

新坟古冢，首先是一个悲哀情愫的符号，中国诗人的心灵，恒有生命空幻的悲哀，古冢新坟表达这一份心情，最强烈不过了。唐人于鹄《登古城》云"独上闲城却下迟，秋山惨惨冢累累。当时还有登城者，荒草如今知是谁"还只是一种无可奈何的伤叹。而唐僧子兰的《城上吟》云"古冢密于草，新坟侵官道。城外无闲地，城中人又老"则是冷峻地说出了无须感叹的一个真相：生命的前方正是死亡。城外还来不及有一块闲地，城中人又无可挽回地老了。晚唐诗人曹松在其诗《古冢》中细致刻画出一个古冢世界，被称为"尽古冢之态"
（方回《瀛奎律髓汇评》卷二八），诗云：

> 代远已难问，累累似古城。
> 民田侵不尽，客路踏还平。
> 作穴蛇分蛰，依冈鹿绕行。
> 唯应风雨夕，鬼火出林明。

这首诗比唐僧子兰的诗更进一步扫除了对死亡的主观感受，简直是在
精心营造一种"建筑物"，一座"大宅子"，将死亡的处所作审美的把
玩与品味，至于人类如何不可逆转地走向墓冢世界，这首诗并不关
心。于是古冢新坟从悲哀的符号，变为一种唯美的图象艺术品。宋人
梅尧臣的同题诗，另有一番独特的视界：

> 南阳古原上，荒冢若鱼鳞。
> 剑佩不为土，衣冠应化尘。
> 枯骸托魑魅，细草没麒麟。
> 何必问名氏，汉家多近亲。

南阳古原是春秋战国时代齐、鲁、楚之间的战场。尾联即是对历史上
诸侯争霸、群雄逐鹿的战争，表示出一种清醒的理性态度，将荒凉的
古冢，转化成为人生的荒谬。

　　李白诗中的坟冢，将感伤、唯美、理性，合而为一个符号。李白

以求仙为生命欢乐的象征，以仙境为俗世生命的最高向往，但面对历史人物的坟墓，神仙梦破灭了。如《过四皓墓》云：

> 我行至商洛，幽独访神仙。
>
> 园绮复安在？云萝尚宛然。
>
> 荒凉千古迹，芜没四坟连。
>
> 伊昔炼金鼎，何年闭玉泉？
>
> 陇寒惟有月，松古渐无烟。
>
> 木魅风号去，山精雨啸旋。
>
> 紫芝高咏罢，青史旧名传。
>
> 今日并如此，哀哉信可怜。

对神仙世界的失望，便是清醒的生活智慧。但是，清醒之后又怎么样呢？古冢的"荒凉千古迹"，在诗人笔下，转化成为生命存在之根源的悲哀感。

后人凭吊李白坟，又何尝不是如此？"采石江边李白坟，绕田无限草连云。可怜荒垄穷泉骨，曾有惊天动地文。……"（白居易《李白墓》）"共说骑鲸捉月游，孤坟细草野风秋。夜郎幽愤无多泪，万古长江楚水流。"（施闰章《经太白墓》）荒坟古冢，成了志士不遇、仁人不遇、天才不遇的古今同嗟和千古长恨，成了中国文人所深刻体验到的悲剧性命运的一个象征。

知我者其天乎

然而，如果只认为中国诗人的荒寒之境，只通往人生的嗟恨与虚无，那就错了。钱穆晚年曾比较中国的伯夷、叔齐与西方的鲁滨逊，同是走向荒天古木，意味大不一样。夷、齐是"孤独心情中，别自有一番为人类大群之怀抱"，而鲁滨逊则"仅恃个人活力，自谋生存"。① 后者可谓自由主义文学经典，前者则是理想主义、英雄主义精神榜样。

中国诗人富于古典的英雄主义情调，少年即壮游天下，怀抱救世热忱，即使不遇，也在山水自然寒荒中投射自我，孤松、古塔、夕阳、独峰、长河、片云，亦抚慰心灵，映照人格。钱穆指出，中国诗人喜咏孤独荒寒之境，有两种意义，一是"咏孤正是咏群"，反衬诗人心中的人道情怀，如张衡赋："何孤行之茕茕兮？"（《思玄赋》）陶潜辞："怀良辰以孤往。"（《归去来兮辞》）又诗曰："中宵尚孤征。"（《辛丑岁七月赴假还江陵夜行涂口》）又陈子昂诗："日暮且孤征。"（《晚次乐乡县》）杜甫诗："片云天共远，永夜月同孤。"（《江汉》）又苏舜钦诗："江湖信美矣，心迹益更孤。"（《送闵》）陆游诗："灯孤伴独吟。"（《岁暮老怀》）又曰："僵卧空山梦亦孤。"（《枕上》）元好问诗："雪屋灯青客枕孤。"（《客意》）此等诗句，皆明著一"孤"字。但读者当知诗人之心情，正为常有其家人或更大之乡里亲族之一群，乃至于一国之与天下，存在其胸怀中。②

---

① ② 钱穆《晚学盲言》，广西师范大学出版社 2004 年版，第 195—198 页。其中括号所标引语各出处，为原文所无，系补出。

　　然而，这只是一方面。从另一方面说，中国诗人之咏孤，与中国文化欣慕向往之拔群超迈之境，特别有关系，钱穆又云：

> 　　《旧唐书》："尘外孤标。"（《杜审权传》）沈约赋："贞操与日月俱愚，孤芳随山壑共远。"（《谢齐竟陵王教撰高士传启》）柳宗元诗："孤赏白日暮。"（《戏题阶前芍药》）孟郊诗："孤怀吐明月。"（《连州吟》）……陈傅良诗："忽然一长啸，孤乡起空寂。"（《寄题陈同甫抱膝亭》）凡此之孤，皆须人立意追求。……至于孤而至极，孔子亦曰："知我者，其天乎！"可见此孤中乃寓甚深境界。……群居人生中必贵有孤立精神……此一孤，正即每一人之心，乃群道之大本大源所在。[①]

钱穆所论，已从孤独苍茫之诗境，联系到独立特行之圣贤意境。他拈出"孤"之二义，即大群与特立并行而不悖，深具中国文化之精义。

---

① 钱穆《晚学盲言》，广西师范大学出版社 2004 年版，第 195—198 页。其中括号所标各引语出处，为原文所无，系补出。

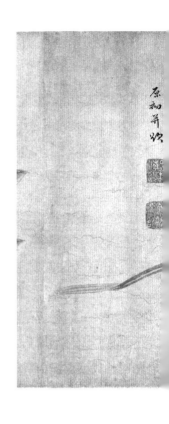

第八章
风日流丽

—— 绮丽华滋之境

《墨花图》（局部）　　［元］赵衷

毕竟西湖六月中，风光不与四时同。

接天莲叶无穷碧，映日荷花别样红。

　　　　——宋·杨万里《晓出净慈寺送林子方二首》之二

明人袁中道《西山十记·八》有一段山水描写:

> 于时宿雾既收,初日照林,松柏膏沐之余,杨柳浣濯之后,深翠殷绿,媚红娟美。至于原隰隐畛,草色麦秀,莫不掩润柔滑,细腻莹洁,似薤箪初展,文锦乍铺矣。

这是一幅绮丽明艳的山水小品。春风暖日,乳燕鸣鸠,花开草长,在中国诗人看来,具有两方面的意味。一方面,色彩绚丽,景致明媚,是视觉的盛宴,生理的快感,只有那些活得很欢快、很自由的人,才能欣赏如文锦、如薤箪的娟美柔滑。另一方面,绮丽风物,又代表着自然对人类最慈祥的惠赐,是活得不快活的生命暂时的休息,在他们看来,绮丽中的大自然是天机的流荡,是祛愁解病的良辰良机,于是生命在其中也得以"膏沐"、得以"浣濯",重新焕发出鲜洁的光泽。

中国山水诗艺中的绮丽之境,分成三个类型;如加以比较,似更能理解这种生命的情调。

初日芙蓉

春晚绿野秀

最早拈出自然界中一片绮丽迷人景致的诗人,依然是屈原。

刘勰的《文心雕龙·辨骚》篇中,说"中巧者猎其艳辞"、"童蒙者拾其香草",指出年轻的心灵,玲珑的心灵,最能赏爱屈子的芳菲世界。我们看《楚辞·思美人》一篇,写诗人放逐途中,时节正是春天：

> 开春发岁兮，白日出之悠悠。
> 吾将荡志而愉乐兮，遵江夏以娱忧。
> 揽大薄之芳茝兮，搴长洲之宿莽。
> 惜吾不及古人兮，吾谁与玩此芳草？

地点也恰是群芳争艳的水边。阳光与芳草，具有令人目眩的美，诗人将要忘掉一切忧伤，与阳光中的缤纷花草娱游了。然而，花草越是美丽，就越是令诗人联想起生命的夭折。因而诗人不能自由流连于这样的风景之中。他毕竟忧虑太深重了。绮丽明媚的风景，很快从他忧伤的目光底下滑过去，终于成为一串串想象中的片段。

到了谢灵运的时代，绮丽的自然风景才真正出现了。或者说，谢灵运把屈原的那些影影绰绰的片段，拼接补缀成了完整的绮丽风景图。前人说谢诗有"风日流丽"之美，有"初日芙蓉"之美，有"沙石五色"之美，但严格地说，谢诗此一种美，源自屈原。如《郡东山望溟海》同写春景：

> 开春献初岁，白日出悠悠。
> 荡志将愉乐，瞰海庶忘忧。
> 策马步兰皋，绁控息椒丘。
> 采蕙遵大薄，搴若履长洲。
> 白花皓阳林，紫蕙晔春流。

> 非徒不弭忘，览物情弥遒。
>
> 萱苏始无慰，寂寞终可求。

这首诗的很多地方，都是由明显的骚体文的五言诗改写。从神态意调看，简直像一篇临帖之作。但却不可不指出一项关键性的区别：在屈原那里，绮丽花草，是从自然状态滑向精神状态，成为诗人人格美德的一种点缀。而在谢诗那里，绮丽风物却真正呈现为一片自然风景。屈原，只是用他那忧郁的眼光，漫不经心地浏览着芳馨的春色；而谢灵运，则真正忘情于这春色之中每一片小花，春溪畔的每一株香草。这里尤值得注意的是，原有的风景之中，新增添了一个元素，即"白花"、"紫萼"的对偶所产生的一份视觉上的愉快。这一语言形式象征性地显示了谢灵运发现自然山水美特有的能力和特有的感受方式。例如：

> 白日丽江皋，原隰莽绿柳。
>
> 墟囿散红桃，皇心美阳泽。
>
> （《从游京口北固应诏》）

> 山桃发红萼，野蕨渐紫苞。
>
> （《酬从弟惠连》）

> 春晚绿野秀，岩高白云屯。
>
> （《入彭蠡湖口》）

铜陵映碧涧，石磴泻红泉。

（《入华子冈》）

谢诗中，这种自觉的色彩对偶，举不胜举，体现了不同于屈原的一种玩赏心态。视觉上的鲜亮、明快、华丽，即感官享受上的丰满、刺激与均衡。同时，视觉感官上的形式，表现于语言形式，正是试图以有密度、有肌质、有均衡形式的语言，留住绮丽风光，留住自然，同时也正是试图留住生命与灵魂的色泽与光华。"春晚绿野秀"一句，那样一片暮春郊野之中无限绵延的生机，不正透露出了此中的消息吗？

我卒当以乐死

从语言形式上说，六朝人很细致地描写花光、水色、芳林、云岩，达到了"斗巧"的境地。我们就以谢朓诗为例，如写花之鲜，用"雨洗"，写水之美，用"泉漫"（《闲坐》："雨洗花叶鲜，泉漫芳塘溢。"）；写花之绽放用"舒"（《闲坐》："紫葵窗外舒。"）、用"抽"（《往敬亭路中》："新条日向抽。"）；以及用相当多的连绵词，如涟漪（水），绣绮（山），嶙峋（石），弥弥（水），晻暧（日），霢霂（雨），芳菲（花），氛氲（日），参差（树），等等。中国人写山水的词汇，似乎被六朝人用完了。仍以小谢诗为例，写花木的华滋，如"红莲摇弱荇，丹藤绕新竹"（《出下馆》），如"塘边草杂红，树际花犹白"（《送江水曹还远馆》），如"香风蘂上发，好鸟叶间鸣"（《送江兵曹檀主簿朱孝廉还上国》）；写虫禽的嬉闹，如

"蜻蛉草际飞,游蜂花上食"(《赠王主簿》),如"巢燕声上下,黄鸟弄俦匹"(《春思诗》);等等。总之,字里行间充分体现了对大自然风景的细嚼慢咽、精心品赏;而在这一种心情里,实在隐藏着对大自然生命的珍爱与流连。

进而言之,所有的绮丽风光背后,又都潜藏着一个巨大的心理忧虑,即生命的不可复来——六朝人的忧生之嗟。于是通过自然风光在空间上细密的展开,留住生命的光华;把花草放大,即将人的感性生命欲求放大。如谢灵运的《悲哉行》:

> 萋萋春草生,王孙游有情。
> 差池燕始飞,夭袅桃始荣。
> 灼灼桃悦色,飞飞燕弄声。
> 檐上云结阴,涧下风吹清。
> 幽树虽改观,终始在初生。
> 松茑欢蔓延,樛葛欣藟萦。
> 眇然游宦子,晤言时未并。

透过这首诗表面上对绮丽风光的痴赏,骨子里正是由《古诗十九首》而来的生命忧患情结。只不过,古诗是直抒胸臆,歌哭咏叹,直扑着人生的短暂、光阴的流逝和美好的无常,而谢诗则是收起眼泪,暂置悲哀,忘掉生命的一大趋势,抓住眼前的无常、幻相的美丽,以及生命力的释放。

谢惠连的四言小诗《秋胡行》:

《溪山清夏图轴》　　［元］盛懋

> 春日迟迟，桑何萋萋。
>
> 红桃含夭，绿柳舒荑。
>
> 邂逅粲者，游渚戏蹊。
>
> 华颜易改，良愿难谐。

诗人多么希望在桃红柳绿的光色之中，逢到一个犹如红桃绿柳的姑娘啊！春天里人的生命力释放到最充分的境地，于是把春色之粲与男女之情糅合在一起写，二者皆是生命激情的充分呈现。

又如鲍照的三言诗《代春日行》：

> 献岁发，吾将行。
>
> 春山茂，春日明。
>
> 园中鸟，多嘉声。
>
> 梅始发，柳始青。
>
> 泛舟舻，齐棹惊。
>
> 奏采菱，歌鹿鸣。
>
> 风微起，波微生。
>
> 弦亦发，酒亦倾。
>
> 入莲池，折桂枝。
>
> 芳袖动，芬叶披。
>
> 两相思，知不知？

用最清新明快的语言，将明丽的自然风光，融化为浓郁的男女之情，二者同是感性生命的激活，同是大自然天机的舒放。

谢灵运所创造的"初日芙蓉"之美以及同时代诗人咏歌自然绮丽风光，皆属六朝人生命情调的舒放。语言形式的背后，实在是精神生活的样式；个人感受的底下，实在是时代精神的生命。我们看王羲之辞官，游名山、泛沧海，与东土人士营山水弋钓之乐，叹曰："我卒当以乐死！"（《晋书·王羲之传》）王徽之"散怀山水，萧然忘羁"（《兰亭诗》）；孙绰"屡借山水，以化其郁结，永一日之足，当百年之溢"（《三月三日兰亭寺序》）；顾恺之从会稽还，人问山川之美，顾云："千岩竞秀，万壑争流，草木蒙笼其上，若云兴霞蔚。"（《世说新语·言语》）当时所流行的人物品藻用语，如"濯濯如春月柳"、"轩轩如朝霞举"，皆表现光明绚烂、绮丽华滋的生命情调。

六朝时人，或许还没有完全被佛家所讲的"人生如梦幻泡影"所俘虏，或许，他们越是知道了人生如梦幻泡影，越是要去追寻梦幻，玩弄光影，总之，他们活得比较浪漫唯美，他们洗剥了汉代人过于质重滞实的泥土气，解放了人的生命境界中灿烂感性的因素，将《楚辞》所开示的绮丽山水之美，真正变而为灵魂的乐土与心灵的色光。六朝人的时代，是中国人富于热情，重于生命彩色的一个时代。

看花饮酒

李白粲花之论

倘若在谢灵运之后，再找出一个擅长写出绮丽华滋之境的诗人，则要推李白了。

李白喜欢学大谢的诗，很认真地下过一番功夫。单单是谢灵运的"池塘生春草"（《登池上楼》）一诗，他就以一种崇拜的语气，提到过四次。再加上他的气质，与"天质清丽"的大谢，颇多一份灵犀相通之处。王仁裕《开元天宝遗事》记，李白当时有"天才俊逸"的美誉，每与人谈论，皆成句读，"如春葩丽藻，粲于齿牙之下，时人号曰李白粲花之论"。有一次，李白的一个从弟，曾这样评价说："兄心肝五脏，皆锦绣耶？不然，何开口成文，挥翰雾散。"（见《冬日于龙门送从弟京兆参军令问之淮南觐省序》，《李太白全集》卷二七）又后人评他"胸中灿烂五色锦，化为元气包神州"（陈中孚《题太白楼》，《李太白全集》卷三六），正是说他的气质。

所以李白能像谢灵运一样，以一种极富于彩色的眼睛看世界，对于大自然中春花明媚、绚丽滋润之境，有一种深刻的自觉的感应。如谢诗中的视觉均衡色彩，在李白诗中，亦反复出现着。如"缘溪见绿筱，隔岫窥红藻"（《金门答苏秀才》），如"横天耸翠壁，喷壑鸣红泉"（《春陪商州裴使君游石娥溪》），如"波翻晓霞影，岸叠春山色"（《姑熟溪》），等等。

但是，李白所生活的盛唐时代又与谢灵运生活的时代不相同了。李白诗中的绮丽风光，不期然而然地更多带有他生活的那个时代的精神烙印。盛唐时代的精神，是更浓烈的感性生命的精神，是极富有英雄色彩、浪漫情调的时代，是对人间世俗价值如功业、富贵、金钱、地位等充分肯定与执着追求的时代。《开元天宝遗事》又有一段话：

> 长安侠少，每至春时，结朋联党，各置矮马，饰以锦鞯
> 金辔，并辔于花树下往来，使仆从执酒皿而从之，遇好花则
> 驻马而饮。

锦鞯金辔，是富贵生活的象征；往来花树，是醉赏自然的象征；驻马饮酒，是浪漫行为的典型情调；春天时节，是长安侠少们斗鸡走马、纵酒狎妓，将生命热力发挥到极致的时节。所谓"百尺游丝争绕树，一群娇鸟共啼花。游蜂戏蝶千门侧，碧树银台万种色"（卢照邻《长安古意》），魏晋人对声色犬马，似持不屑态度，而盛唐人则热衷于此道。魏晋人对人间世俗价值，有一份淡泊的心理，而盛唐人则追求富贵，追求世俗一切价值。因而，我们看李白同样赏爱大自然中绮丽华滋色光，却没有六朝人普遍存在的那样一种自然与社会的对立心态，而是带有盛唐时代精神的印迹，将人间功名富贵的价值，投射于大自然景色之中了。这便成为李白与谢灵运山水诗的一个主要的区别。如李白《登锦城散花楼》一诗云：

> 日照锦城头，朝光散花楼。
> 金窗夹绣户，珠箔悬银钩。
> 飞梯绿云中，极目散我忧。
> 暮雨向三峡，春江绕双流。
> 今来一登望，如上九天楼。

金窗珠箔、绣户银钩之美，正是诗人歆羡、追求不同凡俗生活境况的

愿望之投射。春风暖日散花楼，充溢于诗人心头的，乃是对锦绣人生的无限憧憬。以"金"、"珠"，以"锦绣"写风日之美，在李白诗中，绝非偶一为之，实在是生活趣味的显现。再如《望庐山五老峰》：

> 庐山东南五老峰，青天削出金芙蓉。
> 九江秀色可揽结，吾将此地巢云松。

"金芙蓉"这一种想象，为李白所特有。很难说，这一辞藻所潜含的心态里，没有宫廷生活中金碧辉煌的残余光影。又如天宝十五年（756年）十二月，唐玄宗至蜀郡，以蜀郡为南京。诗人此时所作的《上皇西巡南京歌十首》，更是以长安宫廷的华贵绚丽，渲染"南京"景色之美。第三首云：

> 华阳春树号新丰，行入新都若旧宫。
> 柳色未饶秦地绿，花光不减上阳红。

诗人不是对蜀郡风光作写真，而是诗人对长安华丽记忆的心态，不期然而然地流露出来了。而之所以念念不忘此一种华丽之美，又与诗人乐观、积极又富于生命色彩的气质禀赋及生活理想不可分，与盛唐时代情调不可分，归根究底，实乃盛唐士人精神的反映。

桃花流水杳然去

李白以一份浓烈的生命活力，酷爱自然山水的无限丽质。刘勰

《文心雕龙·原道》说："日月叠壁，以垂丽天之象；山川焕绮，以铺理地之形，此盖道之文也。"李白的诗歌，真正实现了此一种"道之文"的传统信念：如云霞雕色，如草木贲华，山川万物借诗人的锦心绣口表现出自身最粲然的光与色。唯其如此，自然中的绮丽在李白不是一种刻意的追寻，而是一种自然的涌现、天性的拥有。因此，不光是写山水的诗，无论是游宴、赠答、送别，皆在表现出此一种美。

　　这是李白不同于谢灵运及六朝人的又一个特征。

　　如送别诗，汉魏六朝的乐府、歌行中，极少出现完整的风景描绘，即使有风景，也多是些浓重的阴云、重叠的山峦，几乎没有明丽之色。不写绮丽的风光，正说明生命的感性活力，由于离别之苦等黯淡心境的感染，此刻正处于一种压抑与封闭之中。李白诗则不同，他尽情歌咏远行人路途中的风日流丽，以滋养、安抚忧伤的心情。如《泾川送族弟錞》一首的开头：

> 泾川三百里，若耶羞见之。
>
> 锦石照碧山，两边白鹭鸶。
>
> 佳境千万曲，客行无歇时。

这比若耶溪还美得多的泾川两岸风光，简直可以使诗人醉入佳境，而庆幸此番送别的难忘了。接下来，诗人不得已要与族弟分手了，"俄然告将离"之际的景色，却不是云凄风紧，而是：

> 中流漾彩鹢，列岸丛金羁。

> 叹息苍梧凤，分栖琼树枝。

在诗人眼中，凤凰品类的人物，唯有金鞍琼树一类华美的物品，才是我辈应有之物。这里美丽的意象所代表的心情，分明是受大自然的绮丽风光感染而来。

又如《饯校书叔云》云：

> 少年费白日，歌笑矜朱颜。
> 不如忽已老，喜见春风还。
> 惜别且为欢，徘徊桃李间。
> 看花饮美酒，听鸟临晴山。
> 向晚竹林寂，无人空闭关。

这首诗里，惜别时的心境，已由看花饮酒、听鸟春山的情调所替代。生命力极旺健、乐观而豪爽的诗人，不能容得儿女情长般的酸楚。除了送别诗，其他诗也同样充溢着这种明快不伤的情调。如唐人常喜欢写山中寻访道士僧人，李白的《山中问答》云"桃花流水窅然去，别有天地非人间"，何等秀丽！

又如《访戴天山道士不遇》一诗：

> 犬吠水声中，桃花带露浓。
> 树深时见鹿，溪午不闻钟。
> 野竹分青霭，飞泉挂碧峰。

无人知所去，愁倚两三松。

深翠的树丛中时现欢跳的小鹿姿影，清亮的溪水里倒映着桃花的绯色，野竹氤氲，飞泉散沫，多么活泼泼的生机！诗人以这一幅处处皆春的风景，写出他心中全幅生命的诗情。结句中的"愁"，实乃一种难以为怀的莫名感动，忧而不伤，却沉浸在眼前使人忘倦清心的景色。"无人知所去"五字，实际上已无须真的寻访道人下落，这桃花流水，蓬蓬远春，正是"俱道适往"的高人与大自然融融合一的无言之美。

荷花娇欲语

六朝人多半期望在明媚的风景中，点缀一个明媚的女子；而李白则写出绮丽山水中，天然地活动着一个美丽的女子。他的生命追求中，美酒、美色、美山水，往往是相互不可离分的。所以他看见花，即刻会联想到美女，如"山花如绣颊"（《夜下征虏亭》）；或看见美人，就会联想到花，如"携妓东山去，春光半道催。遥看若桃李，双入镜中开"（《送侄良携二妓赴会稽戏有此赠》）。他那些写得秾丽的山水诗里，或采莲女子，或荷花姑娘，或弹琴女道，总与美丽的风景，交相辉映，成为中国山水诗绮丽华滋之境的一大景观。

如《越女词》之三、之四：

耶溪采莲女，见客棹歌回。

笑入荷花去，佯羞不出来。

> 镜湖水如月，耶溪女如雪。
>
> 新妆荡新波，光景两奇绝。

"笑入荷花去"的所在，充满着生命情欲的诱惑。又如《采莲曲》：

> 若耶溪旁采莲女，笑隔荷花共人语。
>
> 日照新妆水底明，风飘香袂空中举。
>
> 岸上谁家游冶郎，三三五五映垂杨。
>
> 紫骝嘶入落花去，见此踟蹰空断肠。

一个"笑隔荷花"，一个"风飘香袂"，山水中最娇媚的表情，来自美女的笑态；女性中最动人的风韵，来自水风的飘香。山水与女性，双双被诗人写出了勾魂摄魄之美。又如《渌水曲》：

> 渌水明秋日，南湖采白蘋。
>
> 荷花娇欲语，愁杀荡舟人。

"荷花娇欲语"，写人乎？写花乎？花变成了人，人变成了花，山水诗变成了美人图，这是最清新又最秾丽的山水诗，也是最质朴、最浓烈的生命情调。

尤值得注意的是，最早的采莲曲、采桑诗，本来是以民间生活为中心的艳情诗，本来就是质朴中的艳丽，清闲中的丰腴；可是后来在贵清绮而不重气质（《魏书·文学传序》："江左宫商发越，贵于清绮；河朔词义贞刚，重乎气质。"）的齐梁诗人手中，却变成了"止乎衽席之间"、"思极闺阁之内"（《隋书·经籍志》）的绮靡艳诗。从以民间生活为中心，变而为以宫廷生活为中心，于是有《春江花月夜》、《玉树后庭花》之类的绮丽歌咏。

李白是六朝绮丽的继承者，又是其改造者，他最大的贡献，即是将描写绮丽风光的采莲曲，又解放回归于以民间生活为中心的真实的生命体验之中，重新获得一份质朴、清闲、刚健、活泼的精神素质。这也即是后人所乐道的"清水出芙蓉"（《经乱离后天恩流夜郎忆旧游书怀赠江夏韦太守良宰》）的一种美质，同时，也正是盛唐文化精神区别于六朝文化精神的一种诗学的显现。

风花之缘

映日荷花别样红

六朝、唐人的生命情调，虽有种种区别，但从根本上说，是一脉相承的，都是青春少年的时代，都是耽于想象、富于热情的时代，都是推重错彩镂金、锦心绣口的美学趣味的时代。所以，这两个时代的诗人，会从风花中看出酒，看出女性，看出富贵，高扬感性生命的光与色。屈子泽畔采芳所包含的一种瑰丽之美，到了六朝、唐代，才真正落实为感性生命的充实表现。

宋人却不同。宋人诗心已不止于感性、情愫本身，乃以学养为诗心。宋人之诗才，更不止于想象、感觉，乃以识充才。中国人文精神发展中的宋代形态，乃是一种内敛含藏的精神性的美。因而，宋人笔下的绮丽风景，无往而不含有一种内敛、含藏、精神性的品位。

宋代诗论家范温说："后生好风花，老大即厌之。然文章论当理与不当理耳。苟当于理，则绮丽风花同入于妙，苟不当理，则一切皆为长语。上自齐梁诸公，下至刘梦得、温飞卿辈，往往以绮丽风花，累其正气，其过在于理不胜而词有余也。"（《潜溪诗眼》）这段话是理解宋诗新形态的一个提示。它表明了宋人虽不满于六朝、唐人绮丽锦绣之情调，但绝不是从诗的世界里放逐此一种美，而是要用"理"来转化、提升此一种美。因而，六朝、唐人将自己的感性生命，投射入自然界而化为绮丽，而宋人则用自己的理性精神，沟通了自然界中的绮丽。

禅宗有一则公案说：

> 僧问鼎州大龙山智法禅师：色身败坏，如何是坚固法身？
>
> 龙云：山花开似锦，涧水湛如蓝。
>
> （《碧岩录》卷第九第八十二则）

永生的、光景常新的山花涧水，就是那永恒法身的显现。禅宗的"目击道存"，与理学的"万物生意"，都加强了对风花的肯定。

如杨万里写西湖的名诗《晓出净慈寺送林子方》：

> 毕竟西湖六月中，风光不与四时同。
>
> 接天莲叶无穷碧，映日荷花别样红。

《桃花书屋》 ［明］沈周

同样是用"碧"、"红"组成视觉上的均衡映照之绮丽美，但是境界比谢灵运诗、李白诗都要阔大得多，骨子里硬朗得多，挺拔得多。"接天"、"无穷"，何其高旷寥廓！而"别样红"，别具情调的一种红，便是极鲜明极灿烂的一种色彩。谢诗、李诗中的颜色对比，是欢快的、跳跃的、活泼泼的，是视觉的享受、感性的张扬，而杨诗里的颜色对比，则是沉稳的、静止的、永恒的，是精神生活的持重，胸襟境界的敞亮。

六朝、唐人诗中的绮丽风月，很容易使人联想到少年人特有的天真、痴热、浪漫，属于人生某一阶段所特有的情感显现。宋人诗歌中的绮丽风花，则由于"理"的渗透，转成了一种精神性的存在，虽然褪去了青春少年的那一份喧热火气，却存留了中老年成熟与内在心境中的一份九转灵砂之美，所谓"日既暮而犹烟霞绚烂，岁将晚而更橙橘芳馨"（洪应明《菜根谭》）是也。如果是经过了人生种种颠簸之后，作为中年人、老年人，对人类与自然之中美丽的事物，依然葆有一份不衰的兴致与热情，那么，我们才可以说，这才是一种真正富有诗心的生命。

宋代的诗话中，相当普遍地推赏对自然美景不衰的兴致与热情，推赏透过大自然中绮丽之美的描绘所显示的生活态度与人格气象。俞文豹《吹剑录》有一则，评唐人与宋人对考试落榜的两种不同感受：

> 高蟾未第诗云："天上碧桃和露种，日边红杏倚云栽。芙蓉生在秋江上，不向春风怨未开。"雍容闲雅，全无蹙促气象。至贾浪仙则云："下第惟空囊，如何住帝乡。杏园啼百

舌，谁醉在花旁。泪落故山远，病来春草长。知音逢岂易，
孤棹负三湘。"略无一毫生气，宜其终身流落不偶。

高蟾诗里的碧桃、红杏、春风、芙蓉，正是范温所谓"当于理"、"入
于妙"的风花绮丽之物。因而所谓"理"与"妙"，全存乎人的精神
气象。

宋人与唐人贬谪诗的区别，在于宋诗含有一种"不以己悲"的心
灵气象。如唐庚诗《栖禅暮归书所见二首》之一：

> 春着湖烟腻，晴摇野水光。
> 草青仍过雨，山紫更斜阳。

栖禅山，是惠州的一座山。唐庚被贬居惠州多年，如果诗人仅仅是从
容把玩野山春雨中的风光，那么，他就不过依然停留在六朝人的审美
心理层面上。但是接下来一个"仍"字，一个"更"字，表现了草经
雨洗而更多青翠，山得夕照而更添姿色，更透露出诗人那一份雨中不减
的情致、日暮不归的豪兴，俨然是贬谪生活中乐观生命意志的呈现，这
就不是六朝、唐人诗所能达到的了。这俨然是一种"别样红"。

绿影扶疏意味长

宋人以中年、老年那样的心境去看风景，使得他们笔下的绮丽风
物常常带有"幽丽"、"野丽"的特征。如徐俯《春游湖》一诗：

双飞燕子几时回？夹岸桃花蘸水开。

春雨断桥人不渡，小舟撑出柳荫来。

因为有了"断桥"、"小舟"，便在纤丽的春景中，添了几笔幽丽野逸的趣味。又如杨万里《过百家渡四绝句》之二：

园花落尽路花开，白白红红各自媒。

莫问早行奇绝处，四方八面野香来。

"白白红红"、"四方八面"这样的词语，不仅有冲口而来的一份语感上的逸情、野趣，而且有天机清澈、胸次玲珑、触物皆有会心处的一种大雅若俗的诗情。而此种诗情，乃是一种"园花落尽"之后的感受，因而与其说这是一首纯粹写景的诗，不如说更像是以花草之缘悟道的理趣诗。

周密《野步》一诗同样如此：

麦垅风来翠浪斜，草根肥水噪新蛙。

羡他无事双蝴蝶，烂醉东风野草花。

一个"羡"字，便化花蝶之境为悟道体验。比起唐人所谓"露晓红兰重，云晴碧树高"（许浑《晓发天井关寄李师晦》），"风暖鸟声碎，日高花影重"（杜荀鹤《春宫怨》），便高出了许多。而且，宋人写绮丽之境，往往能在"严妆"之美、"淡妆"之美（即李白"清水芙蓉"

之美）之外，另写出一种"粗服乱头"之美，从此诗即可见一斑。

有了人生经验的了悟，于是宋人的风花之物，多半具有一种"绮丽"之后的"华滋"，有一份沉淀下来了的似淡实腴之美。如罗与之晚年诗《看叶》：

> 红紫飘零草不芳，始宜携杖向池塘。
>
> 看花应不如看叶，绿影扶疏意味长。

这样的诗，虽然华滋，但却绝非少年人心境所能写出。"绿影扶疏意味长"一句，包含良深的经验与秋后般的成熟，只有走过漫漫一段人生路，再回首俯看少年人的粉蝶飞舞，才会懂得这一份悠长的意味。

再如王十朋的《咏柳》有一联：

> 叶底黄鹂音更好，隔溪烟雨醉时听。

诗人以为听黄莺，以浓荫中的莺声为好；浓荫里的莺声，又以烟雨朦胧之中为尤好；烟雨莺声，又尤以醉时心境之中听之，为好中之好。此一种听法，便与"绿影扶疏意味长"同样具一份化秾丽为华滋，化单纯的感官享受为内在的精神愉悦的意味。方回所谓"淡中藏美丽，虚处着功夫"（《瀛奎律髓汇评》卷十评陈师道《春怀示邻里》），此之谓也。

宋代诗坛上还有一首有名的听莺诗，即郭功甫的七绝《金陵》。据说，荆公王安石极赏爱，请画工绘为图，亲题其款，并派人送一对黄金酒杯赠郭。为何荆公如此厚爱？先看这首七绝：

> 洗尽青春初变晴，晓光微散淡酒横。
>
> 谢家池上无多景，只有黄鹂一两声。

此一帧小诗，亦含有一份由秾丽中沉淀而来的丰腴之美。何等清丽的一个早晨，藏着何等清澈活泼的一种诗心。唐人刘禹锡《乌衣巷》云："旧时王谢堂前燕，飞入寻常百姓家。"流露出对往日绮丽华贵逝去的一种无可奈何的感伤，而郭功甫此诗，虽化用旧典，却洗尽怀旧之伤感。荆公晚年罢官退居金陵，宜其酷赏此诗。

一帘晚日看收尽

宋人有了理学的眼光，于是相同的题材，在他们手里，便比唐人向上一格。宋诗话中津津乐道的诗格，正是人的精神形象在诗歌意境中的融凝。如海棠，杜甫不写，因海棠色彩过于俗艳，其他唐代诗人则在其中多看出女性、看出富贵，宋人则不同。胡仔《苕溪渔隐丛话后集》卷二十二引吴曾《能改斋漫录》逸文，比较唐人写海棠与宋人不同之处：

> 郑谷《蜀中海棠》诗二首，前一云："秾艳最宜新着雨，妖娆全在欲开时。"……欧公以郑诗为格卑。近世陈去非尝用郑意赋海棠云："海棠默默要诗催，日暮紫绵无数开。欲识此花奇绝处，明朝有雨试重来。"虽本郑意，便觉才力相去不侔矣。

同为赋海棠，营造出的意境，实已大大不同。不妨再举一首陈去非
（与义）写海棠的诗：

> 二月巴陵日日风，春寒未了怯园公。
> 海棠不惜胭脂色，独立蒙蒙细雨中。

你看他赏爱胭脂一类极秾丽的色彩，却绝没有联想到姝丽与富贵，没
有搓红滴翠那种俗滥情调。这首诗作于宋高宗建炎三年（1129 年）二
月，当时金兵连陷青州、徐州，进犯楚州，北中国处于一片风雨飘摇
之际，诗人感时伤物，所咏唱出的此一意境，正是体现了诗人孤高绝
俗与坚贞自爱的性格。

又如，同是写桃花源题材，唐人王维以 19 岁的少年情怀，唱出了
青春的美丽："春来遍是桃花水，不辨仙源何处寻。"（《桃源行》）而
宋人谢枋得的《庆全庵桃花》云：

> 寻得桃源好避秦，桃红又是一年春。
> 花飞莫遣随流水，怕有渔郎来问津。

王维是掬取一种世俗的幸福，谢诗则是划出一片心灵的圣土。绮丽仙
境，落英缤纷的背后，隐藏着一份决绝的谢世之志。借花草之缘，写
人格的挺立，桃花流水之美内化为人文操守之境。宋代诗学中绮丽华
滋之境的新思维，似应从此处去把握。

又如，同是写秋日黄叶之景，唐人王勃唱叹多情："长江悲已滞，万里念将归。况属高风晚，山山黄叶飞。"（《山中》）而宋人陈尧咨的《普济院》虽然色彩斑斓，却是豪华落尽，真体呈露：

> 山远峰峰碧，林疏叶叶红。
> 凭阑对僧语，如在画图中。

如果找出一则诗话，既谈绮丽诗境，又谈哲学精神，则不妨以宋代理学家罗大经《鹤林玉露》乙编卷二中的"春风花草"条为代表：

> 杜少陵绝句云："迟日江山丽，春风花草香。泥融飞燕子，沙暖睡鸳鸯。"或谓此与儿童之属对何以异。余曰：不然。上二句见两间莫非生意，下二句见万物莫不适性。于此而涵泳之，体认之，岂不足以感发吾心之真乐乎！

宋人对绮丽明媚的大自然的赏爱，从根上说，正是理学中所揭示的"性天中有化育"（洪应明《菜根谭》）的心灵体验。因而理学家有"闲来无事不从容，睡觉东窗日已红"（程颢《秋日》），有"书册埋头无了日，不如抛却去寻春"（许月卿《川原》）等诗情。宋代诗坛标举的最高境界有"风光错综天经纬，草木文章帝杼机"（黄山谷《次韵雨丝云鹤二首》之一）之类评品。因而像陈与义《清明》一诗所昭示的诗心，俨然探入了宋代人文精神的底蕴。诗云：

卷地风抛市井声，病夫危坐了清明。

一帘晚日看收尽，杨柳微风百媚生。

这首小诗，既有高堂肃坐的理学气象，又有看风赏柳的诗家风流，既有远离市声的清静帘栊，又有婀娜多姿的自在风柳。诗人冷峻的外表下面，隐藏着对生命与生活的强烈热爱；诗人病衰的躯体中，流荡着百媚俱生的大化生机。这就是宋人生命情调的写照。

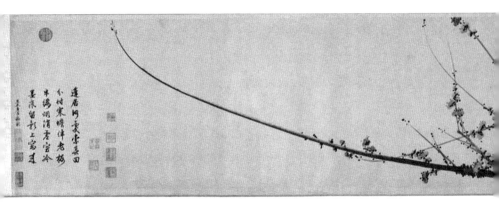

第九章

一窗梅影

—— 清莹透明之境

《春消息图》　　［元］邹复

午枕花前簟欲流，日催红影上帘钩。

窥人鸟唤悠飔梦，隔水山供宛转愁。

——宋·王安石《午枕》

中国的陶艺，以清澄雅洁为上品；中国的音乐，以清明象天为至乐；中国的园林，以小窗花影为绝胜；中国的绘画，以清淡水墨为妙境；中国的诗歌，以山水清音为佳赏。清，乃是民族文化精神生命的心源之美。

中国传统山水诗画艺术中的清莹透明之境，植根于民族文化精神的生命境界，又以其特有的山水清音、小窗花影，优美地呈现着、传承着这一生命的境界。

听泉眠云

清品、清空、清虚

"何必丝与竹，山水有清音"（左思《招隐二首》之一），山水之最初为中国诗人所赏爱，就因为此一个"清"字。而左思此句，又源自《孟子·离娄》所载孔子周游列国时所闻孺子之歌："沧浪之水清兮，可以濯我缨。"因而，"清"，说到底，乃是中国文化所含有的一种生命境界，一种价值源泉。

陈文子弃其禄位，洒然一身，三去乱邦，孔子许之为"清矣"（《论语·公冶长》）。伯夷叔齐耻食周粟，饿死首阳，孔子说："不降其志，不辱其身，伯夷叔齐与！"（《论语·微子》）孟子亦赞为"圣之清者"（《孟子·万章》），"闻伯夷之风者，顽夫廉，懦夫有立志，……百世之下，闻者莫不兴起也"（《孟子·尽心》）。在儒学那里，"清"，乃是人格的高品位，精神生命所达到的阶位。

清，又是天地自然的美质。庄子说："天无为以之清，地无为以之宁，故两无为相合，万物皆化。"（《庄子·至乐》）在庄子看来，至人深体宇宙之道，映现自然之美质："来！吾语汝至道：至道之精，窈窈冥冥；至道之极，昏昏默默。无视无听，抱神以静，形将自正，必静必清。"（《庄子·在宥》）因而，清与静，是由宇宙根源之地而奠立的人生基源，是由宇宙与人生根源之地而透出的艺术精神。"圣人之心静乎？天地之鉴也，万物之镜也。"（《庄子·天道》）庄子又称之为"明"，这是澄汰了欲念计较之心，与天地精神融融合一的真实存在体验。庄子对宇宙与人心所共有的清空透明美质的发现，亦是中国山水艺术的古老源头之一。

大乘佛学讲的所谓"真如实相"，所谓"妙真如性"，就是不受烦恼所染污的永恒清净。这是在中国文化的老枝上，开出的新葩。禅宗祖师不像庄子那样，对天地宇宙，有深观默契；也不像孔子，对人性的形上善根，有超越的体认。他们直接说本心便是一切，本心天生清净。"菩提本无树，明镜亦非台。佛性常清净，何处有尘埃。"（惠能《菩提偈》）将离感染、返清净，直当作人生的最后归宿、至高福境。在深受儒道思想熏陶的中国诗人看来，佛家所开示的离感染、返清净之境，又无往而不与儒道二家潜潜相通。

宋人陈知柔《休斋诗话》有一段关于杜诗的议论：

> （杜甫诗）"菱叶荷花净如拭"，此有得于佛书，以清净荷花喻人性之意。故梅之高放，荷之清净，独子美识之。

梅之高放与荷之清净，为宋代诗学所发现的诗圣人格一体之二面。理学大师周敦颐曾撰《爱莲说》，表明佛家清净澄洁之境，亦为儒学所深喜。宋人范温于《潜溪诗眼》中，激赏柳宗元《晨诣超师院读禅经》中一段清幽空翠之美：

> "道人庭宇静，苔色连深竹"，盖远过"竹径通幽处，禅房花木深"。"日出雾露余，青松如膏沐"，予家旧有大松，偶见露洗而雾披，真如洗沐未干，染以翠色，然后知此语能传造化之妙。

范温由此种清翠之美中，感悟到"至诚洁清之意，参然在前"，言洁清，又言至诚（《中庸》："唯天下至诚。"又："故至诚不息。"），便是打通了儒家心性之理与释老清虚之境。

一泓清气流行

释氏的清空净洁，庄子的清澄虚明，儒家的清明在躬，从不同的精神层面，共同融凝中国文化的诗化性格，共同熏陶着中国诗人的文化生命。因而清莹澄鲜之美，不止于儒学，不止于道家，不止于释氏，俨然贯通中国文化的方方面面，而成为一种思想模型（ideal-type），一种内在价值（inner value）。

中医的养生调神，讲究"澄心静坐"、"益友清谈"、听琴玩鹤、浇花种竹、焚香煎茶、登城观山等清谈、清赏、清游之事（陈直《养老奉亲书引·古今嘉言》）。中国的绘画，宋元以还，扫净五彩，独尊水墨，以无色之色，清远之笔，呈露心源之美。中国的陶瓷，到了

《鸣泉图》 [明] 梅清

宋代的定窑之白，汝窑之"雨过天青"，洁净高华，典型地表达着中国人文精神中澄静晶莹之境界。甚至，中国文人的饮食文化，也同样讲究清浊之辨。金谷斗富，珍馐满席，远不如山舍清羹、林泉露餐的品位高。宋人林洪《山家清供》一书有各式"清庖"的记载，每一道清庖都与某某诗人有着某种因缘。如杜甫的"槐叶淘"，苏东坡的"荷包鱼"、"萝菔羹"，杨万里的"带露酿梅"、"敲雪煎茶"等，皆臻于清妙。兹引"傍林鲜"一条如下：

> 夏初，林笋盛时，扫叶就竹边煨熟，其味甚鲜，名曰"傍林鲜"。……大凡笋贵甘鲜，不当与肉为友。今俗庖多杂以肉，不思才有小人便坏君子。"若对此君成大嚼，世间哪有扬州鹤？"东坡之意微矣。

由竹笋制作之味，进而论世、品艺、明理，便是由器返道，由形而下之"清"，通形而上之"清"。因而，清浊之辨，虽为文化原理，哲学睿智，亦不妨通饮食，通艺事，通人物品鉴，通天地万象。

有一则禅宗公案云：

> 僧问巴陵："如何是提婆宗？"巴陵云："银碗里盛雪。"
>
> （《碧岩录》卷第二第十三则）

提婆尊者，是禅宗西天第十五祖，极善言语。然而在禅师看来，最美的真理，是内外莹彻，一片冰雪心，看不到语言，这是智之清境。

明人张岱《一卷冰雪文序》云：

> 剑之有光芒，与山之有空翠，气之有沉潏，月之有烟霜，竹之有苍茜，食味之有生鲜，古铜之有青绿，玉石之有胞浆，诗之有冰雪，皆是物也。苏长公曰："子由近作《栖贤僧堂记》，读之惨凉，觉崩崖飞瀑，逼人寒栗。"噫！此岂可与俗人道哉！

张岱以诗的直觉，洞见天地间一泓清气之流行。天地间一泓清气之流行，便是中国山水诗歌清莹澄鲜之美的生命源泉。

山泉吾所爱

山水清音最写不尽的一个意象，便是山泉之美。清泉汩汩，诗心千年浸润；林泉高致，词人代代向往。

魏文帝南皮之游，难忘"浮甘瓜于清泉"（曹丕《与朝歌令吴质书》）；孔稚珪园林之构，最喜"穷真趣于山泉"（见《南史》卷四一本传）；六朝人多将爱山水称为"爱泉石"。最早咏唱山水的晋人庾阐，有"清泉吐翠流"（《三月三日》）、"手澡春泉洁"（《观石鼓诗》）等佳句；左思也明确说出了山泉"聊可莹心神"（《招隐诗》）的一份快感，"莹"字极美，极雅洁。到了大谢小谢的时代，"山泉谐所好"（谢朓《忝役湘州与宣城吏民别诗》），便已成为一代人的好尚。尤其自陶渊明《归去来兮辞》中"泉涓涓而始流"一句之后，隐士人格的象征符号，遂再不可离开"泉"了。

　　《旧唐书·潘师正传》所记唐高宗与潘氏的一段对话，正是典型。高宗问："山中有何所须？"师正对曰："所须松树清泉，山中不乏。"山泉之美，首在清甘可口。苏轼《游惠山》诗云"敲火发山泉，烹茶避林樾"，即深识此中滋味。宋人赵自然居山中，"每闻火食气即呕，惟生果清泉而已"（《宋史·赵自然传》），表明清泉之好，出乎本能。隐士人格中清泉之赏，融化于生命欲求。

　　山泉之美，更在清音泠耳。"风泉度丝管，苔藓铺茵席"（宋之问《答田征君》），风声泉声，是人间无上的音乐；"看云独忘归，听泉常永日"（张九成《庚午正月七夜自咏》），眠云听泉，是诗人至美的乐趣。或踏月赏泉，或抚琴伴泉，或携酒醉泉。有时听得入痴，如姚合《题家园新池》："幽声听难尽，入夜常睡迟。"有时爱得难舍，如李端《山下泉》："明朝更寻去，应到阮郎家。"泉声之所以具一份"沦肌浃髓"之美，乃在于泉音不仅入乎耳，而且注乎心。白居易有云"夏之夜，吾爱其泉渟渟，风泠泠，可以蠲烦析酲，起人心情"（《冷泉亭记》，《白氏长庆集》卷四三），曾巩诗"云水醒心鸣好鸟，玉沙清耳漱寒流"（《凝香斋》）朱熹诗"憩此苍山曲，洗心闻涧泉"（《倒水坑作》），正是此意。

　　明人袁中道作《爽籁亭记》，透彻地讲明了此中的道理：

　　　　予来山中，常爱听之。泉畔有石，可敷蒲，至则趺坐终日。其初至也，气浮意嚣，耳与泉不深入，风柯谷鸟，犹得而乱之。及暝而息焉，收吾视，返吾听，万缘俱却，嗒焉丧偶，而后泉之变态百出。初如哀松碎玉，已如鹍弦铁

拔，……故予神愈静，则泉愈喧也。泉之喧者，入吾耳，而
注吾心，萧然冷然，浣濯肺腑，疏瀹尘垢，洒洒乎忘身世，
而一死生。

这已经由听泉中，悟出了生命最深的根源。宋人袁陟有一首诗《临
终作》：

皎月东方陨，长松半壑枯。
山泉吾所爱，声到夜台无？

夜台，即墓穴。这首小诗，以最简朴的语言，对山泉之美，作了最痴
绝的想象。

清莹世界

李白的山水诗境，有飘逸，有荒寒，有绮丽，但最根本的一个特
征，是清莹透明的美。诗仙对大自然中明净、清澄之美，有着一种生
命般的默契。不必讳言，李白爱金钱、爱美女、爱富贵，但是他毕竟
是大自然之子，他的"光明洞彻"的性情，是属于大自然生命中的
美质。

他被皇帝"赐金放还"后，写了前文已谈及的《东鲁门泛舟》一
诗（见本书第六章"天仙语"一小节）；在诗中，天倒落于溪河，舟
便行于无限的澄明之中了。月光与波影的融汇，仿佛是六朝时那个银
溶冰洁的世界。诗人为什么想起了六朝时王徽之雪夜访戴安道兴尽而

返的故事呢？因为在那样一个美好的雪夜里，诗人藐然一身，已直与清淑之气相融洽而深心满足了。这正是晋人的人格风神。

李白对晋人清澈的风神，多有一份深赏。如"水影弄月色，清光奈愁何"（《金陵江上遇蓬池隐者》），使我们想起晋人桓子野"每闻清歌，辄唤奈何"（《世说新语·任诞》），而"牛渚西江夜，青天无片云"（《夜泊牛渚怀古》），俨然是追怀谢太傅的诗心了。"清"之于李白，俨然是人格的美，精神的圣洁。写山水，透明得见到人心之美，在中国诗人中，恐怕没有比李白写得更好的人了。如《清溪行》有句云："借问新安江，见底何如此？人行明镜中，鸟度屏风里。"何等透明的世界！与其说诗人发现了清溪（今属安徽贵池），不如说诗人在清溪中照见了自己。又如《题宛溪馆》有云："吾怜宛溪好，百尺照心明。何谢新安水，千寻见底清。白沙留月色，绿竹助秋声。"心灵满贮了"百尺"、"千寻"的清水，于是三千世界，无往而不是琉璃世界。

李白笔下的新安江、清溪、宛溪等，绝不仅仅是写出了祖国东南山水特有的清美，更重要的是诗人在生命旅途中欣然发现了一片圣地，一片浣濯身心、疏瀹尘垢的灵魂止泊之所。"素心自此得，真趣非外借"（《日夕山中忽然有怀》），这是人心与大自然之间深切微至的心灵感应。

表里俱澄澈

爱好山水的诗人，大都不能忘怀那春水碧烟，秋波澄鲜的魅力。水之清莹、空翠，便永远地写不尽了。六朝人吴均在《与宋元思书》中写道"风烟俱净，天山共色，从流飘荡，任意东西。……水皆缥碧，千丈见底，游鱼细石，直视无碍"，简直就是诗的语言。唐人王维《山中与秀才裴迪书》有"辋水沦涟，与月上下"一句，亦含有说不尽的空明之美。柳宗元名篇《至小丘西小石潭记》中，有云"潭中，鱼可百许头，皆若空游无所依。日光下澈，影布石上，怡然不动。俶尔远逝，往来翕忽，似与游者相乐"，简直已经不是画，不是诗，完全使人忘掉了语言，忘掉了诗文，彻底就是一个琉璃世界了。

　　水之清莹、空翠，在中国诗人笔下，往往成为精神人格的外射，心灵境界的映现。有两个诗文中最常见的典故，最能说明这一点，一是"濯缨"，一是"淄衣"。宋人范仲淹《出守桐庐道中十绝》中的两首，将两个典故都用上了：

其一

素心在云水，此日东南行。

笑解尘缨处，沧浪无限清。

其二

沧浪清可爱，白鸟鉴中飞。

不信有京洛，风尘化客衣。

桐庐，有中国南方最清澄明洁的水，是唐代诗人洗沐身心的一条圣洁之水。此诗很典型地表达了一种清洁感、脱俗感，这是中国诗人心底里恒久不衰的一种美感。

　　除了水之清莹、空翠，还有月亮、天宇的清明和素洁，同样是人格、心灵的映照。《世说新语·言语》中有一则故事，记司马太傅谢安与他的侄孙谢景重的一段对话。一天夜晚，谢安在院子里纳凉，是时天月明净，无一丝云翳，谢太傅叹以为佳景。谢景重在一旁答话：我看不如有微云点缀。太傅笑而答曰：你自己居心不净，还要玷污太清吗？可见纤尘不到的夜月天宇，原是人心的清莹境界，容不得丝毫滓秽，谢安具有第一等诗人的气质。

苏轼的《中秋月》诗云：

> 暮云收尽溢清寒，银汉无声转玉盘。
> 此生此夜不长好，明月明年何处看？

这样好的夜晚，这样好的月光，好得让人心痛，因为反衬出生命的无常短暂，我们听到了东坡的叹气声。

从水之清，月之清，人之清，便会想到中国文学中一首极有名的词，即宋人张孝祥的《念奴娇·过洞庭》：

> 洞庭青草，近中秋、更无一点风色。玉鉴琼田三万顷，着我扁舟一叶。素月分辉，明河共影，表里俱澄澈。悠然心会，妙处难与君说。　　应念岭海经年，孤光自照，肝肺皆冰雪。短发萧骚襟袖冷，稳泛沧浪空阔。尽吸西江，细斟北斗，万象为宾客。扣舷独啸，不知今夕何夕？

"表里俱澄澈"五字，真是天人一体同清，天人一体同明！庄子的宇宙清气，释氏的万境空明，儒家的冰雪人格，融合为一片。诗者天地之心，山川大地是宇宙诗心的影现，宇宙诗心是诗人心灵的活跃。正如方回所说：

> 天无云谓之清，水无泥谓之清，风凉谓之清，月皎谓之清，一日之气夜清，四时之气秋清。空山大泽，鹤唳龙吟为清，长松茂竹，雪积露凝为清。荒迥之野笛清，寂静之室琴清。而诗人之诗亦有所谓清焉。
>
> （《冯伯田诗集序》，《桐江集》卷一）

正是说出了"天人一体同清"的哲学。宋人鲍当《松江夜泊》诗云：

> 舟闲人已息，林际月微明。
> 一片清江水，中涵万古情。

诗人拈出的这一片宁静透明之境，是于静中体味宇宙至深的情意。末五字，不仅写出天人一体之美，而且更写出了古今一脉，诗人哲人代代相传的感悟。

窗与影

窗牖清光

"窗"与"影"之美，更是中国山水诗人普遍赏爱的一种透明感受。最早的山水诗人，或许还不能敏感到"窗"的透明美。如谢灵运的"群木既罗户,众山亦当窗"(《田南树园激流植援》),鲍照的"蛾眉蔽珠栊,玉钩隔琐窗"(《玩月城西门廨中诗》)这样的句子,或许不过是凑成句对而已。后来唐人诗句如"萤飞秋窗满"(李白《塞下曲六首》之六)、"松月夜窗虚"(孟浩然《岁暮归南山》)、"斜月隐书窗"(岑参《送杨录事充潼关判官》)之类,便已逸出对仗的考虑,已敏感到窗里透进的光影,极柔和、极朦胧,收敛了一份刺眼的芒线,澄汰了一份干燥的火气,乃晕化为一泓提纯后的清明。所以后来会有"题诗爱近水边窗"(萨都剌《寄新原林道士》)这样的总结之语。黄山谷"尚能弄笔映窗光","画取江南好风日"(《次韵子瞻题郭熙画秋山》),正是深得此中三昧。

文同的《溪光亭》云:

> 横湖决余波,虢虢泻寒溜。
> 日影上高林,清光动窗牖。

倘若没有小窗,那么,湖水、瀑流、日照、高树,都不过是一些孤立的风景元素,彼此之间缺乏一种有机的生命联系。而有了此一方窗牖,这些风景元素都提纯为一片灵幻异常的清光,大自然的存在化为诗人掬取的一泓清气。因而从小窗透过去,犹如从晶莹透明的心灵透出去,摄取一个空明清新的世界。如宋人傅察的《咏雪》一诗:

> 都城十日雪,庭户皓已盈。
> 呼儿试轻扫,留伴小窗明。

一庭皓雪，满窗清光，便是脱俗清纯的世界，诗人"留雪伴窗"的那一份心情，尤为教人感动。又如陆游的《雪晴欲出而路泞未通戏作》：

> 欲觅溪头路，春泥不可行。
> 归来小窗下，袖手看新晴。

这里实在隐藏着污浊世界与清澄世界的两分对峙。于是我们可以窥及大自然中清莹之美的精神性质。又如宋人黄大受《早作》一诗：

> 星光欲没晓光连，霞晕红浮一角天。
> 干尽小园花上露，日痕恰恰到窗前。

晶亮亮的露珠儿消失之后，便有那轻柔鲜美的第一线晨光，呈露于明窗之前了，诗人撷取这第一线的晨光，便是撷取生命中第一甘饴的清灵之气。从一个"连"字，又可以看出诗人对清光的企盼与等待。再如另一首宋人称美不已的小诗，即苏舜钦的《夏意》：

> 别院深深夏簟清，石榴开遍透帘明。
> 树阴满地日当午，梦觉流莺时一声。

以最疏淡的笔致，表现了窗（帘）之明，与心境之清、天地之清，具同等的价值。于是我们可以理解：

起傍梅花读《周易》，一窗明月四檐声。

（魏了翁《十二月九日雪融夜起达旦》）

实在是与天地精神相往来的心境；梅花窗明，实在隐含着《易》的精神。

如果将"窗"放大，一楼一台，便是大写意的清莹透明之境。如黄庭坚《鄂州南楼书事》一诗：

四顾山光接水光，凭栏十里芰荷香。

清风明月无人管，并作南楼一味凉。

水天一色、香满人寰，一望无际的荷花，何等清空的世界！清风明月，都来南楼，总是清凉。"凉"是诗眼，满贮宇宙的清气，冲涤世俗的燥气。诗人对自由生活的热爱，对大自然由衷的赞美，与夏夜荷香明月一样动人。

疏影清魂

由窗、帘透过去的花枝疏影，无限幽倩，无限朦胧，犹如提纯而出的清光之魂、空明之魂。陆游诗"三弄笛声初到枕，一枝梅影正横窗"（《幽居春夜》），张道洽诗"才有梅花便不同，……寂寂轩窗淡淡风"（《咏梅》），所拈出的一份清幽，便已带着花之香与花之影；以"影"写清，"清"便有无限的曼妙。宋代的诗人，特别钟情于此。文坛上，有佳话流传的写"影"诗人，一是张先（子野），一是王安石。

《烟笼玉树图》　　［明］陈录

据胡仔的《苕溪渔隐丛话前集》卷三十七引《古今诗话》，有一个客人问张子野："人们都称先生为张三中（心中事、眼中泪、意中人），你以为如何？"张先回答说："何不称我为张三影？"客人不晓。子野说："'云破月来花弄影'（《天仙子》），'娇柔懒起，帘压卷花影'（《归朝欢》），'柳径无人，堕风絮无影'（《剪牡丹》），此三句，我平生所最得意之句子也。"其实，张先爱写影，写得好的也不止这三句。如"那堪更被明月，隔墙送过秋千影"（《青门引》），就将浓情化为一叶记忆中的清影；又如其诗"浮萍破处见山影"（《题西溪无相院》），亦拈出了风动舟行之一瞬间的清空灵境；尤其是词句"中庭月色正清明，无数杨花过无影"（《木兰花·乙卯吴兴寒食》），完全是一个无限空明又无限朦胧的意境，妙处远在其本人自负的"三影"名句之上。

　　许顗《彦周诗话》记王安石："荆公爱看水中影，此亦性之所好。如'秋水泻明河，迢迢藕花底'；又《桃花》诗云：'晴沟春涨绿周遭，俯视红影移渔船'，皆观其影也。"荆公的眼光里，花之影的韵味，甚于花之本身。如《杏花》一诗云：

　　　　石梁度空旷，茅屋临清炯。
　　　　俯窥娇饶杏，未觉身胜影。

不止是花之影，进而所有的水中影都令人爱怜。如《岁晚》一诗：

　　　　月映林塘澹，风含笑语凉。

> 俯窥怜绿净，小立伫幽香。

进而不止于水中之影，凡月光、日光中之花影，皆可赏爱。如"春色恼人眠不得，月移花影上栏干"（《夜直》）。又如《午枕》：

> 午枕花前簟欲流，日催红影上帘钩。
> 窥人鸟唤悠飏梦，隔水山供宛转愁。

在疏帘花影上滑动着的梦与愁，便是真正清愁与清梦，不可知、不可说，又有着无边无际的清远的美。

清影中的道境

宋人中对清莹花影之喜爱，又何止是张子野、王荆公！清影之美，在宋人是一种形上的感悟，在此一种心态里，人生体验之种种，皆由绚烂而归返平淡，由七色而融成无色。在此种心态里，思与诗协同着突破外在宇宙的形相外壳，透入诗心哲学本质。

宋人之所以钟情于此，实由于中国人文精神发展到宋代形态，更多了一种澄澈之美。苏东坡有"庭下如积水空明，水中藻荇交横，盖竹柏影也"，被人评为"仙笔也！读之若玉宇琼楼，高寒澄澈"（储欣编纂《唐宋十大家全集录·东坡全集录》卷九）。此种文字、此种感悟，六朝及唐人写不出。唐人绝不会像宋人那样，为一地的月影徘徊终夜，如文同的《新晴山月》一诗：

> 高松漏疏月，落影如画地。
>
> 徘徊爱其下，夜久不能寐。

唐人爱大红大紫的牡丹，他们也绝写不出"断肠明月下、梅摇影"（晁冲之《感皇恩》词）、"新月娟娟，夜寒江静山衔斗，起来搔首，梅影横窗瘦"（汪藻《点绛唇》词）这样的诗句来。最使人难以忘怀的是：

> 杏花疏影里，吹笛到天明。
>
> （陈与义《临江仙》词）

那由杏花疏影之中漾出的笛声，凝融了诗人对高洁脱俗的生活理想的向往和热爱。因而，清影之透明美，实在是宋人对人格、胸襟，对心灵世界的自我发现、自我肯定。

张先《题西溪无相院》一诗还有两句："入郭僧寻尘里去，过桥人似鉴中行。"一句写僧人向尘世中去，一句写尘世中人向寺院里来，这正是宋代思想的一个特征：宗教的俗世化，俗世的宗教化。这可以有助于我们理解为什么宋代诗学喜欢"影"之美学。本来，佛家说，人生尽是梦幻泡影，要放弃对影的痴迷与执着，把握本然。但是，中国的诗人明知这个道理，还要更珍之惜之，以梦为马，以影为寄，在色空之际，觅得解脱之道。所以，宋诗是又理性又深情。

宋代理学家罗大经《鹤林玉露》甲编卷四记：

> 杨诚斋丞零陵日，有《春日》绝句云："梅子留酸软齿

牙，芭蕉分绿与窗纱。日长睡起无情思，闲看儿童捉柳花。"

张紫岩见之曰："廷秀（杨万里）胸襟透脱矣！"

你看那蕉绿汪汪，盈盈于纱窗，柳花蒙蒙，轻飏于空中，好一个透明的景致！然而又何尝不是透明的心胸！"透脱"，宋代理学常语，即透明、脱俗之心态也，即朱子"老怀清似水"（《寄曾艇斋》）之谓也。宋人对清影之赏，何等执着，何等痴顽！连醉酒，也要醉倒于花影蒙蒙之中，如苏东坡门生李之仪《书扇》一诗：

几年无事在江湖，醉倒黄公旧酒垆。

觉后不知新月上，满身花影倩人扶。

晋人之酣醉，为放浪形骸，任真葆道；唐人之豪饮，为醉卧沙场，天子呼来不上船；而宋人之饮酒，则为"满身花影倩人扶"，何等风流，何等儒雅！陈郁《藏一话腴》载：

濂溪（周敦颐）先生倦吟，惟《游庐山大林寺》一律云："木色含云白，禽声应谷清。"余味其意，则前一句明，后一句诚道在是矣。

因清境见道境，便是由艺讲道，化艺术为哲学。

中国诗学中清莹美之崇尚，由"泉涓涓而始流"，发展而为"人行明镜中，鸟度屏风里"，发展而为"谁开一窗明，纳此千顷静"（程俱《豁然阁》）。最后越转越空明，转化为一泓清影，清影中蕴含道境，一篙春水，梅影横窗，万古诗心。而此诗心，只属于真正的诗人。

黄山谷云"天下清景，初不择贤愚而与之遇，然吾特疑端为我辈设"（惠洪《冷斋夜话》卷三），正是此意。

第十章
扁舟一棹

—— 音乐与绘画境界

《后赤壁赋图》（局部） 〔宋〕乔仲常

万里江天杳霭，一村烟树微茫。

只欠孤篷听雨，恍如身在潇湘。

———宋·尤袤《题米元晖潇湘图二首》之一

　　一提起"中国画"，我们的眼前会想象出一幅连绵无穷的长卷：永恒的云烟苍茫，永恒的层峦叠嶂；那永远没有尽头的一叶扁舟，仿佛沉落遗忘于宇宙悠渺的太空中，进入一个旷邈深远的梦。一提起中国古器乐，人们会想起那一曲《春江花月夜》；从《江楼钟鼓》、《月上东山》，到《风回曲水》、《花影层台》，再到《水深云际》、《渔歌唱晚》、《回澜拍岸》，最后到《桡鸣远濑》、《欸乃归舟》。这何止是一段段乐章，分明是一幅山水长卷，一组谱着音响的山水画，或者说，是丝竹的山水组诗。

　　既然中国最典型的绘画与音乐，都与宇宙山川有着不解之缘，那么，就不难理解山水诗中有那么多的音乐境界和绘画境界了。诗、画、乐三者的因缘，最根本的一点，乃是中国艺术精神中自然意识太深太重所致。从精神上说，中国古代艺术三者最高的终极存在，都通向中国生命哲学中的"道"。

　　唯其如此，中国真正的大画家，必具有一份诗人性情，而中国真正的大诗人，也一定具有一份音乐心灵。王维说他自己"宿世谬词客，前身应画师"（《偶然作六首》之六），表明自己之兼有画才诗艺，乃系得之于"宿世"与"前身"的天才；殊不知这"宿世"与"前身"的因缘，实在是中国艺术中诗与画在根源之地相通的因缘。苏轼说"味摩诘之诗，诗中有画；观摩诘之画，画中有诗"（《书摩诘〈蓝田烟雨图〉》，毛晋辑《东坡题跋》卷五），更代表一个根深蒂固的艺术精神，并预示了一个长久的文人艺术传统。比古希腊的西摩尼得斯（Simonides）所谓"画是无言之诗，诗是有声之画"（Painting is silent poetry, and poetry is a speaking picture.），包含了更多的历史真实性。而王维的音乐天才，亦与他的诗艺相通，且不说他会吹笛、弹琴、懂古曲，只须提及那支悠悠地流传了几百年的送别歌曲——《阳关三叠》（本王维七绝《送元二使安西》），我们就不能不相信，诗与音乐，同样都是一种诗心人道情怀照射而出的结晶。

但是，那山水诗中的水墨丹青色光与那些缥缈无端的乐声，那空中之音，镜中之花，水中之月，依然只是一月：中国哲学中的生命意识。

绘画境界

诗画融合

中国艺术史上一个引人注目的现象，就是在一幅山水作品中，留有大片空白，空白中题有一首诗，你说这作品是诗呢，还是画？这是中国的"国粹"。

德国人莱辛（Lessing）在他的美学名著《拉奥孔》中，认为诗是时间的艺术，画是空间的艺术，二者原理根本不同，"各有各的面貌衣饰，是'绝不争风吃醋的姊妹'"（钱锺书《七缀集·中国诗与中国画》）。在中国传统的艺术观念里，却一直没有这个分疏。"诗画一律"、"诗原通画"，自宋代以还，一直是个牢不可破的看法。

宋代大画家郭熙，在《林泉高致》第二篇《画意》中说："更如前人言：诗是无形画，画是有形诗。哲人多谈此言，吾人所师。"黄山谷也说他的一位画家朋友，把诗才变成画意来表现："李侯有句不肯吐，淡墨写作无声诗。"（《次韵子瞻、子由题憨寂园》）米友仁也用这个说法，称自己的山水画是诗："古人作语咏不得，我寓无声缣楮间。"（《自题山水》）南宋人孙绍远搜罗了唐以来的题画诗，编成一册《声画集》；而宋末名画家杨公远又把自己的诗集，定名为《野趣有声画》，诗人吴龙翰作序，说："画难画之景，以诗凑成；吟难吟之诗，以画补足。"从这个概念的流行，可见诗与画关系的融合。二者关系的不加分疏，绝不仅仅是中国古人长于综合而拙于分析的思维方式的原因，更重要的是，诗与画都倾向于表达自然山水，自然意识太深太浓，这是二者不可分疏的"情缘"、"命缘"。

所以，"画"与"诗"，在中国古人的词典里，常常是"风景"的同义词，是艺术的审美观照中的"山水"本身。这是中国古代独有的用法。因而，在山水诗中，"画"与"诗"两个词，犹如"天"与"地"、"日"与"月"一样，常成为最现成又最变化无穷的固定对偶。如洪炎的"有逢即画原非笔，所见皆诗本不言"（《四月二十三日晚同太冲、表之、公实野步》），画与诗都指"野步"时感受到的风景之美。文天祥的"宿雁半江画，寒蛩四壁诗"（《夜坐》），也是极浑成极顺手的对子。戴复古的"人家远近屋参差，半成图画半成诗"，便是"句中对"了。而写得最好的诗句，可说是宋人俞桂的《过湖》：

舟移别岸水纹开，日暖风香正落梅。
山色蒙蒙横画轴，白鸥飞处带诗来。

"有声画"与"无声诗"的概念把戏，在这里统统消失；诗就是画，画也就是诗，不仅是姊妹，而且是孪生姊妹。既然作为"山水"、"风

《柳汀聚禽图》 ［元］夏叔文

景"的同义词，怎么能分开呢？

从"丹青"到"家数"

其实，早在山水画盛行之前，就已经有诗人以读画的眼光吟咏山水了。李白即其中之一，其诗《陪族叔刑部侍郎晔及中书贾舍人至游洞庭》之五云：

> 帝子潇湘去不还，空余秋草洞庭间。
> 淡扫明湖开玉镜，丹青画出是君山。
> ・・・・・・・

这不是诗仙找不到恰当的语言来形容洞庭秋色之美，实在是诗仙对诗与画融合因缘的一种天才的感觉。当然，毕竟只是"感觉"而已，所以也只是泛泛地提到 "丹青"。

随着山水画的进一步发展，诗人也渐渐学会用真正内行的眼光，读出诗与画的更深一层的融合。如"水墨"的受到重视，是唐以后绘画史上的"革命"，晚唐诗人方干，有多首诗以"水墨"为题，或赠画师，或题画作，表明水墨画的兴起。从李思训大放墨彩的青绿金碧山水，到米友仁、王庭筠、赵令穰，色彩渐渐褪淡，水墨的地位渐渐确立，到了北宋南宋之交的李唐、梁楷、牧谿等人水墨酣畅淋漓的作品，水与墨的交响得以最后完成。

然而在米友仁出生之前，北宋诗人就已经敏感到水墨的魅力，并将这种体会写入山水诗，如林和靖《孤山后写望》：

　　　　水墨屏风状总非，作诗除是谢玄晖。

如胡宿《山居》：

　　　　松韵笙竽径，云容水墨天。

当然，更自觉地以山水比水墨的是刘敞《微雨登城二首》之一：

　　　　雨映寒空半有无，重楼闲上倚城隅。
　　　　浅深山色高低树，一片江南水墨图。
　　　　　　　　　　　　　．．．．．．．

这不能不说也是一种天才画家的感觉。后来随着中国文化中心南移，从空气干燥、视觉明朗的华北平原，到江南湿润韵秀、烟雨空灵的水乡泽国，"水"与"墨"的交响得到了充分的助力。写于北宋初年的这首小诗，恰恰透露了这种因缘。

　　再进一步，不仅是"水墨"，而且更以山水画中流派、技法、家数的眼光，去吟咏山水之美，这方面最有代表性的例子是北宋诗人兼画家文同。如：

　　　　独坐水轩人不到，满林如挂暝禽图。

　　　　　　　　　　　　　　　　（《晚雪湖上寄景孺》）

这是用某画家的某一幅具体作品，指某一特定的风景，又如：

> 峰峦李成似，涧谷范宽能。
>
> （《长举》）

> 君如要识营丘画，请看东头第五重。
>
> （《长举驿楼》）

这是用某一类画家的风格代表某一类山水的美感。正如钱锺书指出：在文同之前，"像韩偓的《山驿》：'叠石小松张水部，暗山寒雨李将军'，还有林逋的《乘公桥作》：'忆得江南曾看着，巨然名画在屏风'，不过是偶然一见；而他之后，这就成为中国写景诗文里的惯技，西洋要到十八世纪才有类似的例子。文同这种手法，跟当时画家在杜甫、王维等人的诗句里去找绘画题材和布局的试探，都表示诗和画这两门艺术在北宋前期更密切地结合起来了"①。其实，更重要的是，诗人用画家的图式去看山水，画家以诗人的成句来提炼画意，这充分体现了宋代人文素养的高度提升：文人艺术家们十分强调人文修养的境界，十分注意发挥人文传统的优势。这正是宋代文化超于前代的一个证明。

相忘于江湖

　　诗画融合，更重要的是诗情画意的融合。绘画所做不到、完不成

---

① 钱锺书《宋诗选注》，人民文学出版社 1979 年版，第 42 页。

的东西，由诗情来加以补充。许多诗人画家都注意到，在意蕴的深广及表现力的无限性、暗示性等方面，诗歌都占有一定的优势。画虽然是可见的、有形的，但恰恰又是遮蔽的，无法传达情蕴的。诚如陈与义的《和大光道中绝句》所云："转头云日还如锦，一片葱茏画不成。"

又如司马池的《行色》一诗：

> 冷于陂水淡于秋，远陌初穷见渡头。
> 犹赖丹青无画处，画成应遣一生愁。
> ·　·　·　·　·　·　·　·

这些风景中的意蕴，画无力单独完成，必须靠语言的强烈提示。这不是对画的不信任，而是强调诗对画的补充。又如，画不能将作者本人也同时"画"入作品，诗无疑具有这方面的优势。这就是山水诗中的画境的一种极常见写法，明确地将"人"（作者或他人）"画"入画中。如孙觌的《横山堂二首》之一：

> 波间指点见青红，雪脊嶒棱倚半空。
> 幻出生绡三万幅，游人浑在画图中。
> ·　·　·　·　·　·　·

"波间指点"者自然是"人"，到末句已将有情有感的游览者——作者"浑"然化入山水画之中，成为风景本身的一部分了。这种写法，观照者与审美对象融为一体，诗有更充分的优势。又如金人党怀英的《渔村诗话图》：

> 江村清境皆画本，画里更传诗语工。
>
> 渔父自醒还自醉，不知身在画图中。

"不知"，即庄子所谓"相忘于江湖"（《庄子·大宗师》）之意。实际上这种写法的背后隐藏着一种愿望，即"人"融入山水自然的欲求，因此，这里的"画"，不仅仅是"江山如画"，更有灵魂的止泊、精神的家园的含义。

再如清人任虞臣的《登大泽北峰》一诗：

> 青天人近树盘空，盈耳山声不见风。
>
> 坐爱千峰争是画，却忘身在画图中。

人观赏的山水是画，而人的观赏、游历、登览等行为本身，也构成画的有机部分；画与看画的人不是主客二分的，而是融融一体的。再如宋人李弥逊的七律《云门道中晚步》，也是这样一首好诗。前面写若耶溪云门道中层林叠巘、烟水迷离之景，中间写太阳落山，樵夫归来，野烟散尽，耕牛在田边歇息——一片宁静与安谧，结尾写：

> 独绕辋川图画里，醉扶白叟杖青藜。

将自己织入这幅天然图画中，成为和谐交融的画中人。诗人不是客观地、冷静地直观山水的色光形质，而是将自己也作为画境的一部分来表现、歌咏。这说明，以看画的心情看山水，实际上已经相当于用一种哲学的眼光看山水，这不仅仅是将绘画的赏鉴融入诗歌创作，而是将中国绘画精神融入诗歌的境界了。宋人陈尧咨的《普济院》可为一典型：

> 山远峰峰碧，林疏叶叶红。
>
> 凭阑对僧语，如在画图中。

这首诗的"画意"，即诗人自己成为被取景、被构图的对象，即诗人自己视自己的生活为一种艺术。"对僧语"三字，即将生活场景凝成图画，变瞬间而为永恒。试比较唐人王勃《林塘怀友》一诗：

> 芳屏画春草，仙杼织朝霞，
>
> 何如山水路，对面即飞花？

唐人是要从绘画中透出来，回返真山真水，宋人则是要纳真山真水而为艺术家把玩的作品。

个中着我添图画

与此相联系的另一种常见写法，是看画时遗憾自己不在画中，而从反面表达人融入自然的执着意愿。如宋人崔鶠的《与权易过石佛看宋大夫画山水》一诗：

> 霜落石林江气青，隔江犹见暮山横。
>
> 游中只欠崔天子，满帽秋风信马行。
> ·······

诗人之所以添写了满帽秋风、纵马驰骋的自我形象，是由于他觉得这幅山水中最大的"不足"，是没有把自己画进去。

又如陈与义的《题余秀才所藏江参山水横轴画》：

> 万壑分烟高复低，人家随处有柴扉。
>
> 此中只欠陈居士，千仞岗头一振衣。
> ·······

朋友余秀才将家藏山水横轴呈给陈与义看，诗人却在想象中把自己置入画境。这是从精神上"获取"了这幅画。

又如释惠洪诗《舟行书所见》：

> 剩水残山惨淡间，白鸥无事小舟闲。
>
> 个中着我添图画，便似华亭落照湾。

不仅把山水想象成了图画，而且将自己也想象成图画中有机的一部分，表达化入自然的心理欲求。

再如尤袤的六言诗《题米元晖潇湘图二首》之一：

> 万里江天杳霭，一村烟树微茫。
>
> 只欠孤篷听雨，恍如身在潇湘。

最末两句说：一旦画只小舟，画我在里头听雨，我就置身于烟雨潇湘之中。这种写法，很难说是谁摹仿了谁。画境虽然有别，或野壑林泉，或秋山行旅，或潇湘听雨，然而看画看山水的心灵却是相通的。这相通的一点灵犀，正是山水画的真精神。

秦观《书辋川图后》一文记其经历：

> 元祐丁卯，余为汝南郡学官，夏，得肠癖之疾，卧直舍中。所善高符仲携摩诘《辋川图》示余，曰："阅此可以愈疾。"余本江海人，得图喜甚，即使二儿从旁引之，阅于枕上。恍然若与摩诘入辋川，度华子冈，经孟城坳，憩辋口庄，泊文杏馆，上近竹岭，并木兰之坡系于汝南也。数日而疾良愈。

这也是虚拟自己与王维的辋川之行，山水可以祛病养心，是诗人画家真实得到的益处。

生命的皈依

中国山水画的真精神是什么？是自然向人的亲近，是人对自然的拥入。

中国山水画的发展，就是这种精神的演进史。最早在魏晋，"其画山水，则群峰之势，若细饰犀栉，或水不容泛，或人大于山"（张彦远《历代名画记》卷一）。这是以人为主位，以山水为陪衬的时代，山水精神还没有达至自觉。接下来的唐五代却不同了，"明皇天宝中，忽思蜀道嘉陵江水，遂假吴生驿驷令，往貌写。及回日，帝问其状，奏曰：臣无粉本，并记在心。后宣令于大同殿图之，嘉陵三百里山水，一日而毕"（朱景玄《唐朝名画录》）。另一唐代画家张璪将其概括为八个大字："外师造化，中得心源。"（见张彦远《历代名画记》卷十）这是山水精神与人的精神欢然拥抱、交契合一的时代。宇宙山川的广大存在，提升为人的生命存在。

再接下来便是宋元文人山水画，发明了"空白"，创造了"水墨"，突出了诗意，也突出了大自然山水中人的精神性意味。这同样是以人为主位的时代，但这里的"人"，已经充分地对象化为山水，已经全面拥有了宇宙现象背后的美。这里的"人"，凭借着无限丰富的"空白"，凭借着无限深远的"水墨"，凭借着高度成熟的诗美学，真正将物质的存在，转化成了心灵本体的存在。因此，这是山水的本质与人的生命诗情融合的时代。

这就是中国山水诗中跳动的灵魂。山水画的历史发展，正是中国人的生命意识，渐渐在山水自然之中洗沐、陶养自身，然后突破山水形质的拘限，完成自我本质的历史。因此，中国古代艺术中的山水画，不仅不像西方风景画那样，忠实地执着于对外在客观景象的模拟，而且要突破外在客观景象的形质的存在。

只须以郭熙在《林泉高致》中提出的"平远"概念为例，即可看出这种观念的自觉。郭熙于"高远"、"深远"、"平远"三远之中，特重"平远"："平远之意冲融而缥缥缈缈。"这一概念的提出，影响深远。平远的山水，使山水的形质得以破除，使蕴含在山水形质中的灵，与人的精神相接通，由有限的存在，导向若隐若现的无限的存在，在无限的存在之中，达成人的心灵最充分的解放与最自由的安顿。用一句最显豁的话来说，就是人的生命意识，以及那在山水中沐浴的被尘烦所污俗了的心灵，真正找到了精神家园。

在山水诗一种常见的写法里，可见上述山水画蕴含的那种精神。这种写法，即由眼前有限的山水风景之中，生发出一种"意之所游而情脉不断"（李日华《紫桃轩杂缀》，《李竹嬾先生说部全书》卷八）的"远意"，值得注意的是，又并非引向一种神秘莫测的缥缈之乡，这一"远意"，多半是故园的想象、乡关的梦寐。如苏东坡名篇《书李世南所画秋景》之一：

> 野水参差落涨痕，疏林欹倒出霜根。
> 扁舟一棹归何处？家在江南黄叶村。

扁舟摇摇，乡梦悠悠，这一份远意，又见于明人谢缙的《题画》一诗：

> 杨柳人家白板扉，蘋花开处水禽飞。
> 扁舟记得江乡路，蟹舍鱼罾对夕晖。

故园水乡，熟悉的水路，夕晖中亲切的渔家风物，整幅小景充满了多少温馨！又如僧德祥的《题画》一诗：

> 鸲鹆多情语晓风，恼他枝上白头翁。
> 分明一段江南思，烟雨楼台似梦中。

这乡关之思，又是何等地温柔缥缈、如梦如幻。最为明确说出"家园"向往的一首诗，大概要推尤袤的《题米元晖潇湘图二首》之二了：

> 淡淡晓山横雾，茫茫远水平沙。
> 安得绿蓑青笠，往来泛宅浮家。

正是写出了那困顿挫折的生命向往皈依的精神乡关。

音乐境界

曲终人不见

毫无疑问，中国音乐的特质是温柔清和的。中国古代不是没有粗厉噍杀的音乐，只是人们认为它不是那种可以代表天地精神的音乐。天地宇宙的精神是大和谐，音乐中宫商角徵羽的配合，也应是大和谐。

《荀子·乐论》说："君子以钟鼓道志，以琴瑟乐心。动以干戚，饰以羽旄，从以磬管。故其清明象天，其广大象地，其俯仰周旋有似于四时。故乐行而志清……"刘向《说苑·修文》也说："君子执中以为本，务生以为基，故其音温和而居中，以象生育之气。"这是中国音乐精神的经典表述。我们今天已经很难详晓，那些失传乐曲，具有什么样的情感心理、美学内容，但从经典表述之中，大体可以推定，中国正宗的音乐精神，是清雅平和。这是一种人文的音乐，智慧的音乐。

中国山水诗中的音乐意境，正是与天地宇宙融融相合的一种极近自然的音乐。一支横笛，一架琴瑟，当无边的原野、山林、水泽、云霭轻轻托起那一片声响时，我们只觉得它原是与自然物界本来一体的声响，所谓"鼓似天，钟似地，磬似水，竽笙箫和筦龠似星辰日月"（《荀子·乐论》）。因此，当中国诗人笔下的山水音乐化了的时候，我们简直觉得那音乐就是那山水的灵魂，并不是某个人所演奏，而是大自然自身在表现自己。

由此可以注意到这样一个有趣的现象：山水诗中的音乐，基本上并不出现演奏者。如唐人赵嘏的《遣兴》：

读彻残书弄水回，暮天何处笛声哀。
花前独立无人会，依旧去年双燕来。

诸如"何处"、"无人"这样一些常见的字眼，表达着声音缥缈莫名，来自大自然某处神秘的地方。又如许浑的《宿水阁》：

野客从来不解愁，等闲乘月海西头。
未知南陌谁家子，夜半吹笙入水楼。

不仅是江边水畔，在深山、在古寺，也有这样不可知的音乐，表达深山古寺的灵魂。如施肩吾的《同隐者夜登四明山》：

半夜寻幽上四明，手攀松桂触云行。

相呼已到无人境，何处玉箫吹一声？
· · · · · · ·

你听，无边的幽寂之中悠悠升起一缕箫声，何人、何处，箫声诉说些什么样的情绪，都无须去猜知，因为那悠悠的箫声，已经轻轻诉说了深山灵魂里的话语，它已经替深山古寺，表达了它那窈眇莫名的美。

钟磬声，也最能传达那古寺深沉的梦，如赵嘏《僧舍》一诗：

> 溪上禅关水木闲，水南山色与僧闲。
> 春风尽日无来客，幽磬一声高鸟还。
> · · · · · · ·

无人，唯飞鸟随钟磬声远逝。写鸟，是以感官可见的形象，追蹑那不可见的声响在空间的荡漾、延伸。来无端，去无端。"万物自生听，太空恒寂寥。还从静中起，却向静中消。"（韦应物《咏声》）有了声音，这山水的空间就变得无限寥廓，如钱起《蓝田溪杂咏·远山钟》：

> 风送出山钟，云霞度水浅。
> 欲知声尽处，鸟灭寥天远。

同时，也变得无限深、无限远。如刘长卿《送灵澈》一诗：

> 苍苍竹林寺，杳杳钟声晚。
> 荷笠带斜阳，青山独归远。

《清溪风帆图页》 ［宋］佚名

音乐具有的弥漫性、穿透力，使有限的山水，有了无限远的意韵。音乐与画，在这里是相通的。

湘灵鼓瑟

中国的古乐器，都有某种确定的"乐象"，即某一种乐器特有的表现力特征。这种表现力特征，往往吻合着大自然山水中某一类特有的物色。音乐与山水相融合，也就是相通的表现力特征相融合。

刘熙《释名》曰："箫，肃也，其声肃而清也。"箫的表现力特征是清远悠游，有秋水绵邈的况味。因而箫声，宜秋天，宜月下，宜泛舟于水波不兴之夜。宋人武衍的《秋夕清泛》云：

> 弄月吹箫过石湖，冷香摇荡碧芙蕖。
> 贪寻旧日鸥边宿，露湿船头数轴书。

这是冷香浮动的意境。舟也摇摇，月也泛泛，箫声也轻轻颤动于香气氤氲之中。

宋人道潜诗《建隆秋夜》之二云：

> 娟娟云月照窗扉，纸帐形开梦觉时。
> 庭下风篁自成韵，吹箫安用玉人为？

这也是说大自然的风篁成韵，就是最美的箫声。有灵箫的夜色，就是最清空灵明的夜景。

不过，也还有一种短箫，在春天的野地吹起。陆游的《春晴》云：

> 莺为风和初命友，鸥缘水长欲寻盟。
> 不须苦问春深浅，陌上吹箫已卖饧。

这是春天里卖麦芽糖的孩童们所吹的短箫。"箫声处处卖饧天"（王十朋诗），箫声吹起的卖饧天，即春天。

琴瑟则包含着一种企盼，因它的表现力特征是谐适和美，细腻优雅。傅毅《琴赋》说："尽声变之奥妙，抒心志之郁滞。"伯牙鼓琴的故事（见《吕氏春秋·本味》），司马相如以琴心挑卓文君的故事（见《史记·司马相如列传》），都含有一种谐和心灵的向往。所以山水诗中的琴瑟之音，多隐含着高山流水、知音不遇的深意。如唐人刘沧诗《秋日山寺怀友人》云："云尽独看晴塞雁，月明遥听远村砧。相思不见又经岁，坐向松窗弹玉琴。"琴瑟声中的风景，多有一份清空明澈之美，清晨的天宇，深夜的月，水如珮环月如襟。如张祜诗《秋时送郑侍御》：

> 离鸿声怨碧云净，楚瑟调商清晓天。
> 尽日相看俱不语，西风摇落数枝莲。

相看不语，心曲尽在瑟声中。又如唐人马戴《新秋雨霁后宿王处士东郊》一诗：

> 夕阳逢一雨，夜木洗清阴。
>
> 露气竹窗静，秋光云月深。
>
> 煎尝灵药味，话及故山心。
>
> 得意两不寐，微风生玉琴。

秋天新雨后，与友人倾心交谈的快意，仿佛空气里都是琴声荡漾。湘灵鼓瑟的典故也十分有名，写之者如杜牧的《瑶瑟》：

> 玉仙瑶瑟夜珊珊，月过楼西桂烛残。
>
> 风景人间不过此，动摇湘水彻明寒。

一种莫名的企盼，朦胧得像一个梦。计有功编《唐诗纪事》卷三十中有一故事：

> （钱）起从乡荐，居江湖客舍，闻吟于庭中，曰："曲中人不见，江上数峰青。"视之，无所见矣。明年崔昕试《湘灵鼓瑟》诗，起即用为末句，人以为鬼谣。

"湘灵鼓瑟"是屈原《远游》中的神话故事，表达了湘水之神向人显灵的神秘能力。钱起诗中，神的神秘能力，转化而为音乐的神秘魅力，转化为山水自然的神奇力量，表明了中国山水诗的心灵意境，融远古之宗教神话、近世的人文礼乐，以及唐人的浪漫情怀为一炉。

箜篌则有一种强烈的"险"与"怨"的表现力。"全似吟哭，听之者莫不悽怆。"（邢云路《古今律历考》）据《琴操》记，箜篌产生于一个悲哀的故事。有一名叫子高的摆渡人，一天早上正洗船时，忽然有一狂夫，披发提壶而渡；其妻追喊而来，狂夫不止，遂坠河而死。其妻乃号天嘘唏，鼓箜篌而歌，曲终投河而死。子高传其曲于世。李贺的《李凭箜篌引》中"石破天惊逗秋雨"、"老鱼跳波瘦蛟舞"之句，最精彩地写出了箜篌的"险"与"怨"。

箜篌还与神女有关。著名的"青溪小姑"故事中即有一段精彩的箜篌演奏。青溪，金陵一地名。赵文韶是在异乡做官的一年轻人。住青溪中桥，与尚书王叔卿家只隔着一条小巷子。中秋佳月夜，怅然思乡，赵倚门唱《西乌夜飞》，歌声哀婉。忽有青衣婢女前来，说王家娘子邀请赵文韶过去唱歌。赵唱罢一曲，娘子命婢女取箜篌来：

> 酌两三弹，泠泠更增楚绝。乃令婢子歌《繁霜》，自解裙带，系箜篌腰，扣之以倚歌。歌曰："日暮风吹，叶落依枝。……"

第二天，赵文韶去清溪庙，见女姑神像，与昨夜所见娘子完全一样；屏风后箜篌带缚也一模一样。（事见吴均《续齐谐记》）这个故事充分表明了箜篌音乐的神秘色彩。

筝，其声高劲铿锵，卓砾盘纡。同样表现一种忧伤，筝比琴瑟更孤独、更激越。嵇康《声无哀乐论》："平和之人，听筝笛琵琶，则形躁而志越；闻琴瑟之音，则听静而心闲。"张祜《听筝》云"分明似说长城苦，水咽云寒一夜风"，柳中庸《听筝》云"似逐春风知柳态，如随啼鸟识花情"，都写出怨妇征夫的悲哀。杨巨源的《雪中听筝》一诗，更将古筝的声音置于寒雪苍茫的背景中："玉柱泠泠对寒雪，清商怨徵声何切！谁怜楚客向隅时，一片愁心与弦绝。"写出了孤独落寞的高人情怀。

至于角声，更是一种悲凉凄切的音乐。在黄昏，在深夜，在夕晖下的古城、秋风中的边塞，永恒地回响着一支角声，诉说那人生中的风景，风景中深重的呜咽。也恰如杜牧诗所说的："城角为秋悲更远，护霜云破海天遥。"（《闻角》）李涉的《润州听暮角》云：

> 江城吹角水茫茫，曲引边声怨思长。
> 惊起暮天沙上雁，海门斜去两三行。

茫茫的海空上孤独的雁行，正是角声引起的人生况味的象征。又张祜《瓜州闻晓角》云：

> 寒耿稀星照碧霄，月楼吹角夜江遥。
> 五更人起烟霜静，一曲残声送落潮。

这孤独的意境，是角声创造的意境。角声，比琴声传得远，拥有更寥廓的空间，也比箫声的音域宽广，具有其他乐器所不具的特殊的穿透力。"一曲残声送落潮"，直贯通了大自然的生命节奏，谁不为之深深感动？

长笛一声人倚楼

倘若在所有的乐器中，拈出一种最经常出现于山水景观中的乐器，则非"笛"莫属。

应劭《风俗通》说："笛，涤也，所以涤邪秽，纳之雅正也。"（《太平御览》卷五八〇引）笛的表现力非常丰富，在山水诗中有着最广泛的表情达意功能。笛最突出的一个特点是"清"，这使它最贴近中国音乐本质的美。因此，凡有笛声的风景，便呈现为一种清丽绝俗、清空窈眇的风景。笛声所"画"出的风景，最能教人联想到江南，尤其是早春二月的江南。如释仲殊的绝句《润州》所描绘的动人景色：

> 北固楼前一笛风，断云飞出建康宫。
>
> 江南二月多芳草，春在濛濛细雨中。

早春二月一派清丽的生意，由烟雨晕出，由芳草写出，亦由一曲风中笛音"画"出了灵魂。所以诗人们写到江南，总要写到笛声，如同写到扬州，总要写到明月一样（徐凝《忆扬州》："天下三分明月夜，二分无赖是扬州。"）。郑震诗《荆南别贾制书东归》则兼而有之："回首荆南天一角，月明吹笛下扬州。"月色、扬州、笛声，都是江南的灵魂。

笛声在风景中还有一个常见的表情功能，即牵引怀乡的情愫。或许是东汉马融《长笛赋》中那个"逆旅闻笛"的故事，代表了中国诗人漂泊颠踬的共同体验，或许笛声的清远悠扬，本身即长于勾引乡思，如黄山谷诗所谓"可怜一曲并船笙，说尽故人离别情"（《奉答李和甫代简二绝句》）。总之，笛声总与思乡相联系。

著名诗作如唐人李益的《春夜闻笛》：

> 寒山吹笛唤春归，迁客相看泪满衣。
> 洞庭一夜无穷雁，不待天明尽北飞。

这笛声吹出了春天将至的消息，无情如大雁犹急急回归，人何以堪？李益另一名篇《从军北征》云：

> 天山雪后海风寒，横笛遍吹行路难。
> 碛里行人三十万，一时回首月中看。

以最壮观的大写意笔致，写出了笛声中浓浓的乡情。

关于笛声与风景诗，计有功编《唐诗纪事》卷五十六中还有一则逸事，说杜牧读了赵嘏的名句"残星几点雁横塞，长笛一声人倚楼"，反复吟味不已，因称赵嘏为"赵倚楼"。赵嘏这首题为《长安秋望》的诗，也是写乡愁的。这两句，星也几点，雁也几点，象征人的漂泊无依；倚楼听笛，最是一副茕茕孑立、无限惆怅的游子神态，像一尊雕像，凝融了千古词客心。

最喜渔歌声欸乃

山水诗中的音乐，又有很大一部分是民间渔夫、樵父、采莲女子的歌唱。这种音乐情调，比之于文人化的箫鼓琴瑟，更具一份天籁之美。因为，中国诗歌的根，大半在民歌。《诗经》中那些采蘩采薇、采采卷耳的歌唱（《采蘩》、《采薇》、《卷耳》），便是远古农妇劳动场面的真实录音，具有简单而浓郁的韵味。后世读之，犹如"恍听田家妇女三三五五于平原旷野、风和日丽之中，群歌互答，余音袅袅，若远若近，忽断忽续，不知情之何以移而神之何以旷"（方玉润《诗经原始》卷一）。或许，中国诗歌的开端，便具有这样一种温润、明朗、素朴的农业人生的根源之美，所以，后代写山水的诗人，一旦从山水中听到了渔歌樵歌，便犹如重新发现了那远古最可珍贵的生命之好音，最令人无限低徊的农业人生的诗情。

　　《诗经》中农妇采摘歌最常见的遗风流韵，正是后世的那些采莲采菱的歌声。"隔江看树色，沿月听歌声。"（储光羲《江南曲》四首之一）当月色给莲塘罩上一层轻柔的薄纱，歌声便引人向往那莲塘深处的美："月暗送潮风，相寻路不通。菱歌唱不辍，知在此塘中。"（崔国辅《小长干曲》）夜晚，是"求之不可得，沿月棹歌回"（孟浩然《万山潭作》）；清晨，那唱歌的人就出来了："三十二村村一峰，峰峰削出青芙蓉。歌声唱出烧茶女，幽涧杜鹃相映红。"（陈世和《西樵歌》）长年的歌声，于是感化得那山水都有情有义了，如辛弃疾《武夷山》一诗：

　　　　玉女峰前一棹歌，烟鬟雾髻动清波。
　　　　游人去后枫林夜，月满空山可奈何。

同时诗人也留下了那么多的同情和思念。

除了采菱采莲的歌声之外，山水诗中另一常有的民间音乐，就是渔歌了。"渔歌唱晚，响穷蠡海之滨"（王勃《滕王阁序》），如果没有"渔歌"，洞庭湖的黄昏一定缺少了一份感动人心的魅力。"古今多少事，渔唱起三更"（陈与义《临江仙·夜登小阁忆洛中旧游》），如果没有渔歌，漫漫历史人生会添增更沉重的况味。渔歌不是正统的音乐，绝不登大雅之堂，然而，唐人元结名篇《欸乃曲五首》之三却写出了渔歌野唱的深刻意义：

> 千里枫林烟雨深，无朝无暮有猿吟。
>
> 停桡静听曲中意，好是云山韶濩音。

抒写山水的性灵，返归人性的纯真，大约也是符合儒家关于"乐"的理想的。正如明人周珽评论此诗说："烟雨晦暝，猿吟朝暮，此际欸乃时发，静而听之，自有无穷之思。谁谓山讴野唱，非清庙明堂之响，不足以娱耳也。"（《唐诗选脉会通评林》）①

山水诗人往往将"渔歌"与"回家"联系在一起。如唐人司马扎就曾咏唱："几家烟火依村步，何处渔歌似故乡"（《晓过伊水寄龙门僧》）。宋人林景熙也写过："何处渔歌起? 孤灯隔远汀。"（《溪

---

① 在元结那里，"欸乃"之声的真正源头是远古的湘妃泣舜之声。唐人刘言史《潇湘诗》："暖妪知从何处生，当时泣舜断肠声。"元结又有《欸乃曲》："谁能听欸乃，欸乃感人情。……遗曲今何在，逸为渔父行。"也是认为远古遗曲，馀而为渔父棹舟互答之歌。然而明人将远古朴厚之曲与大自然幽美之声合而为一。

亭》）清人陈梦雷回故乡福建省亲，有《建溪舟行》诗四首，其二云：

> 转帆看鸟影，侧耳听雷声。
> 阅尽风波后，渔歌一曲清。

借渔歌，诗人表达了他远离宦场，身心得以休宁的一份欣然。

　　中国山水诗中渔歌如此之多，如此之美，可以找到答案。渔歌中的山水，无不是一种止泊身心的桃花源式的所在。如清人赵翼诗《阳湖晚归》所写：

> 诗情澄水空无滓，心事闲云淡不飞。
> 最喜渔歌声欸乃，扣舷一路送人归。

写出了诗人在清空无滓的世界中最深的满足。那悠悠渔歌中渐渐远去的一棹扁舟，只留下永恒的月光在水面闪烁。

结　语

　　早在两千多年前，《易·系辞传》就道："天地絪缊，万物化醇。"这是中国古代哲学关于"天人一体同源"、生命存有连续的核心观点。

　　早在一千多年前，《中庸》就曾有这一段话："能尽人之性，则能尽物之性；能尽物之性，则可以赞天地之化育；可以赞天地之化育，则可以与天地参矣。"人通过自然认识他自己，陶冶、提高他自己，这本身就参与了宇宙生命的创化。这是中国哲学关于"天人一体同仁"的基本信念。

　　"天人一体同源"，"天人一体同仁"，正是中国古老哲学在山水诗中流动的血脉。而本书仅仅写出了十个方面，远不足以表达中国哲学的全幅意境。好在，朱熹早就说过：

　　　　如月在天，只一而已，及散在江湖，则随处而见，不可谓月已分也。

　　　　　　　　　　　　　　　　　　　　　（《朱子语类》卷九四）

后 记

这本小书的写作，至今忽忽已十四个年头。得到了一些读者的肯定，也收到过一些读者的来信，认为谈诗还是有些新意，文字也不太古板。其实回想当初，博士论文刚刚写完，平平仄仄得太久，有些想法、感觉和材料，觉得还需要另外一种文体来挥洒一下，所以几个月就写成了这本小书。这本书的理论资源主要是熊十力的境论，直接灵感之一则是唐君毅的《生命九境》，当时我确有一种冲动：何不以诗歌的语言来表达心灵的意境呢？那真是不知天高地厚的年代，连同博士论文一起都有某种兴发感动、手舞足蹈，可生命真的是有自己的季节，这样的写作冲动后来似乎再也没有。连那样在情在义的文字，也只是属于一个过去的时代。

我在写这本书时，在今天看来，比较有见识的一点，即顺着博士论文的思路，明确宣称"站在中国哲学的学术立场来看中国山水诗歌，从中国山水诗歌的特殊角度来看中国哲学，这就是本书的宗旨"（《自序》）。做到与否且不论，在二十世纪八十年代至九十年代初的文化语境里，似乎很少人用这样的语气说话。

当然有点缘由。一方面，我那时的眼睛里，满目都是来自西方文化的各种理论与观念。在理解与认识中国山水诗这样的中国文化的精华问题上，如果在根本的认知图式上，不能改变"西化"的大格局，那真是一件令人丧气的事情。而我的导师王元化先生，也正在开始酝酿反思，后来提出"以西学为参照系，而不以西学为坐标"的思想，① 我也受其感染与鼓励。另一方面，八十年代富于创新、生气勃勃的文化生产，余绪尚在，毕竟使我不满足于老式的解释与描述，急想通过我们的心思手段，重新打造一番，使传统的好东西更有力量。因而运用新儒家、新道家、新佛家的成果来阐释中国文学精华，无疑是一种大叙事。这就是这本书在今天依然没有过时的缘由。

这也就是这个再版本没有做太大改动的理由。虽然我还是尽可能增加了一些材料，原来比较简单化的地方，意见比较独断的地方，都尽量做了一点补订。但是有很多材料最终还是放弃了。过于结实，我担心影响这本书原本较明快的风格。

然而这十多年的时间里，尽管兴趣常变，我的诗学还有一点长进，将这些进步写入书中，看来是不可能了；连我对于诗的一些新看法，要完整写在这里，似乎也不大可能。因为这需要写作另一本书的篇幅和时间。这里只得拣我认为重要的，又可补这本书未尽之意的问题，简单说说。

我现在越来越感觉到了诗歌语言的重要性。我写作这本书的时候，词语的问题并不如现在感受得深，所以偏于在文化心理、精神原型、抒情传统等方面去着笔。而且我认为，新文化所带来的，是一套横移的抒情传统和思维模式，而站在中国文化的立场上，就是要重新找回中国文化的抒情传统与抒情精神，这固然是有道理的。

---

① 最早系 1995 年先生将《谈想象》一文寄加拿大《文化中国》杂志发表时，于所附一段文字中提出，后收录于其《九十年代反思录》，上海古籍出版社 2000 年版，第 20 页。

《溪山秋霁图》（局部）　［宋］王诜

但是近些年我更深体会到的是，真正要落实在实处，不能不重新唤醒人们的语词记忆。并不是只有方言才能满足乡愁，在表现汉语独特的诗性，即凝练与含蓄方面，旧诗毕竟是有优势的。旧诗的语词记忆，正是诗性自在自如表达的源头活水。而缺少了这个活水，你就看不到云影天光。王国维当初说诗的问题主要是"能感之，能写之"，后者的重要，不在前者之下。朱光潜把美的直观看得太重，经过李泽厚等人的努力，影响了整个一时代人的诗美学的用心方向。诗学问题的语言维度，大大被遮蔽了。（我当然也不属于站在纯语言学的立场去探讨中国诗的学人，这里还是一个语言与文化结合的角度。）

很多生活场景中的刺激都使我切近感到语言的"被拿掉"问题。我有一天在海边的一个很空旷的地方看落日，觉得很美，心里有一种空空落落的感觉，非常想写诗来加强这种美，同时留住这短暂的美，可是就用一句诗来表达如何可能，这完全让我绝望，痛感新诗在这时的好处不大（她太可遇不可求了，也太秀异了）。后来偶读黄濬《花随人圣庵摭忆》："余颇以李易安之'落日镕金，暮云合璧，人在何处'为佳，'镕金'句易，'合璧'思奇，接以'人在何处'，便有悠然惘然之想，宜刘须溪张叔夏辈之折服也。"回想海边之时，岂不是李易安词这样一种"人在何处"的感觉打动了我吗？而细想之，李易安岂不也是受"日暮乡关何处是"之类的语言打动的吗？所谓人同此心，其实古人已经先我而得之。而五四新文化之后，我们"能写之"的语言机制其实已经"被拿掉"了。那么精美的、经过代代诗人提炼的诗性结晶的词语，从此消失，人们的头脑就像被洗劫一空之后，重购新家具的房间，没有了记忆、神韵与温情。而那些现成而又变化多端的辞语魔方，就像软件从电脑中被永远删除了一样，不再有了。这使我们不得不去迷信和夸大所谓个人创造、灵感直觉之类的新神话，诗的经验永远是一次性的神迹式的创造，于是诗歌的写作也就人为地神秘化、秀异化了，其结果，无疑是"抛却自家无尽藏，沿门托钵效贫儿"。这真是一个无可奈何的事情。

现在看来，我在这本书中着重讲了这样那样的心灵境界，而忽略了什么是好的山水诗，好的山水意境。其实写一本这方面的书也是我的心愿，这里只能提一提。譬如中国好山水，大概都有自己的一种好性情，那就是特别朴实自然。朴实自然这四字，说来容易，要体会到她的好，却不是人人都能做到的，然而一旦知道了，就越是不厌不舍。有一年在杭州的郭庄，美院的舒传曦教授请我喝茶。湖面秋色甚浓，远处是保俶塔，在秋天的远方，影影绰绰的样子，那么秀美、端庄、静气，与湖光、山色、秋意，完全融为一体，和谐得让人心醉。塔与山、与水、与柳、与秋，是有一种相互的让就、相互的成全，没有一个东西不是在照顾着别的东西之时完成着自己，没有一个东西是在单独地、大声地表现着自己。但是，有现成的反面的例子，恰就是在保俶塔的旁边，某某宾馆，用一种张扬的白色，像是在美丽山水的身体上突然打上了一个伤疤。我突然深一层领悟了顾恺之说的"一象之明昧，不如悟对之通神也"，也领悟了宗炳所说的"山水以形媚道，而仁者乐"。为什么山水有神？而历代诗人画家都在追求其中的神而不厌不舍，真就是这种仁者之大乐了。

于是我也越来越体会到了中国诗、中国艺术，确是中国文化修养的一种重要手段。说着说着，其实我又回到了十四年前的思想旨趣。看来，这本书确也无须修订，只是需要更大更多的篇幅，以及更深更透的人生，来展开其中的未竟之意。

2004 年 12 月 14 日

作者于沪上日就月将斋

主要参考文献

阮元等校刻《十三经注疏》，影印本，中华书局 1979 年版，北京。

逯钦立辑校《先秦汉魏晋南北朝诗》，中华书局 1983 年版，北京。

彭定求等编《全唐诗》，中华书局 1960 年版，北京。

吴之振等辑《宋诗钞》，"万有文库"本，商务印书馆 1935 年版，
　上海。

朱熹《楚辞集注》，上海古籍出版社 1979 年版，上海。

朱熹《四书集注》，中华书局 1984 年版，北京。

朱熹《朱子语类》，中华书局 1986 年版，北京。

熊十力《新唯识论》，中华书局 1985 年版，北京。

钱穆《晚学盲言》，广西师范大学出版社 2004 年版，桂林。

宗白华《美学散步》，上海人民出版社 1981 年版，上海。

徐复观《中国艺术精神》，春风文艺出版社 1987 年版，天津。

梁宗岱《诗与真·诗与真二集》，外国文学出版社 1984 年版，北京。

唐君毅《中国人文精神之发展》，正中书局 1958 年版，台北。

林庚《唐诗综论》，人民文学出版社 1987 年版，北京。

钱锺书《谈艺录》，中华书局 1984 年版，北京。

钱锺书《宋诗选注》，人民文学出版社 1979 年版，北京。

钱锺书《管锥编》，中华书局 1979 年版，北京。

〔德〕 W·顾彬《中国文人的自然观》，马树德译，上海人民出版社
　1990 年版，上海。